그리움은 늙지 않는다

그리움은 늙지 않는다

—

초판 1쇄 2025년 2월 7일
지은이 엄순용
펴낸이 김영재
펴낸곳 책만드는집

—

주소 서울 마포구 양화로3길 99, 4층 (04022)
전화 3142-1585·6
팩스 336-8908
전자우편 chaekjip@naver.com
출판등록 1994년 1월 13일 제10-927호
ⓒ 엄순용, 2025

—

—

ISBN 978-89-7944-891-7 (04810)
ISBN 978-89-7944-354-7 (세트)

지인선 258

그리움은 늙지 않는다

엄순용 시집

책만드는집

세월은 어느새, 내 나이 칠십 고개
훌쩍 허무의 바람, 왜 그리 바쁘게 왔는지
가정을 지키며 오직 한길, 열정 바친 초등 교단
시간을 세며 성실히 일군 땀의 추억들
돌아보니 울컥 파도가 밀려온다

한 세월 치열하게 살아온 내 삶의 자취
그리움 절제는 어려워, 바람에 날리기도 아쉬워
갈피마다 오롯이 그리움 창고에 쌓여
『그리움은 늙지 않는다』로
조촐한 자전 시집을 엮어본다

5부작으로 구성한 추억의 진솔한 울림
쉽고 편한 함축 언어로 시처럼 산문처럼
내 분신 같은 기록으로 남기고 싶다
겪은 대로 느낀 대로 생생한 그림 같기에
세월은 늙어가도 그리움은 늘 그 자리

꿈과 희망, 고향, 자연 사랑, 교단 열정,
함께한 인연들의 메아리가 여기 여울진다
No pain, No gain, 自樂光必成!
고통의 승화를 사랑한 내 삶이다

부모님과의 작별, 남편의 빈자리
다 쏟지 못한 눈물, 여기서 위로받으며
아픈 추억은 쓰다듬고 선물처럼 감사하리
내 시의 고향은 나의 부모님
'하늘 그리움'으로 이 시집을 띄웁니다

그동안 세월 따라 사랑과 믿음으로
소중한 인연을 함께해 주신 분들께
진심으로 감사를 드립니다.

2025년 2월
엄순용

| 차례 |

4 • 『그리움은 늙지 않는다』를 펴내며

1부 파도를 걸으며

13 • 어머니의 기다림
14 • 유년의 메아리
15 • 내 고향 풍경화
16 • 봄나물 캐러
17 • 피난길 산속 울음소리
18 • 옹달샘에 구름 떠가네
19 • 원두막 그 시절
20 • 여고의 꿈 마당
21 • 속초의 선물
22 • 추억의 돼지불고기
23 • 아버지의 전설
24 • 아버지가 보내신 편지
25 • 특별한 소포
26 • 밤길이 어둡지 않은 이유는
27 • 조카들, 미안한 사랑
28 • 딸이 그려준 초상화
29 • 중국 여행 그날들
30 • KBS〈아침마당〉에
31 • 너를 그리 보내고
32 • 돈 꽃다발
33 • 하늘 그리움
34 • 그리움 거기에 풀어놓고
36 • 할머니 죽지 마세요
37 • 은평은 나의 어머니
38 • 사랑하며 감사하며
39 • 그리움은 늙지 않는다

2부 시는 노래가 되어

43 • 악보의 생명

44 • 만남의 고향으로

45 • 하늘은 거울 같아서

46 • 그 언덕

47 • 우리의 한강

48 • 기다림

49 • 떠나간 배

50 • 안개꽃 한 아름

51 • 해 뜨는 집

52 • 그 섬에 피는 꽃

53 • 그리움 저 너머에

54 • 고향의 얼굴

55 • 얼음 파도

56 • 고향처럼 부른다

57 • 목련이 질 때면

58 • 작별을 넘어서

59 • Beyond the Farewell

60 • 빈자리에 스쳐 가는 바람

61 • 내 마음의 오솔길

62 • 물안개 피는 바다

63 • 보리밭 물결에 실려

64 • 유월이여 말해다오

3부 사랑하는 교단 꽃밭

67 • 내 땀이 춤추던 날들

68 • 등꽃의 이름으로

69 • 해바라기 웃음소리

70 • 꿈길

71 • 비행운

72 • 『한마음 사랑 모음집』을 드리며

73 • '정년퇴임'의 날

74 • 엄순용 선생님 아름다운 '정년퇴임'에 부쳐

76 • 정년퇴임 후유증

77 • 제2의 교단에 서다

78 • 6학년 수학여행

80 • 양원에서 부는 바람

81 • 세월

82 • 노을 속에 피는 꽃

83 • 꽃마음 그 사랑

84 • 그리움

85 • 길

86 • 아주 특별한 졸업식

88 • 양원의 추억들

89 • 그 이별 붙잡지 못하고

90 • 양원 총동창회의 탄생

92 • 칭찬 메아리

93 • 그냥 글이 떠오르는 4월

94 • 내 사랑, 그리운 학교들

4부 축하와 감사의 물결

97 • 문학 현장에서
98 • 피로 씻은 한국 혼이여
100 • 우리 언니 행복의 꽃
101 • 땀방울 목걸이
102 • 고향의 등대
104 • 산울림의 동행
105 • Again 그들은 할 수 있다
106 • 고향 친구는
107 • 미안하고 고맙고
108 • 나에게 축시를
109 • 나의 요리 신조
110 • 박수의 감격들
111 • 보호하심 류웅상 이야기
112 • 미주알고주알
113 • 남산의 숨결
114 • 용문산 가을 편지
115 • 꿈꾸는 열정
116 • 울진항 그 바다
118 • '英德農園'의 향기
120 • 정선의 풍취
122 • '아사님'의 기다림
123 • 사군자의 품격

5부   작별을 바라보며

127 · 엄마의 유물
128 · 흔적을 정리하며
129 · 나비로 오셨는가요
130 · 통곡이 산을 흔들어도
131 · 추워도 꽃은 피는데
132 · 꽃향기도 슬프다
133 · 부모님 산소 앞에서
134 · 빛나는 두 별님
135 · 눈물도 아파요
136 · 아득한 이별
137 · 약해지지 마
138 · 다시 태어난다면
139 · 이별은 가까이
140 · 나 떠나면

141 · 평설 _ 김봉군
160 · 『그리움은 늙지 않는다』 시집 작업을 마치며

1부

파도를 걸으며

-눈물꽃을 사랑하며-

내 글쓰기의 샘물은 나의 부모님
늘 자식 편이 되어 내 아픔 업어주신
엄마꽃은 구절초 향기 무조건 최고의 사랑
참는 약을 싸주신 아버지의 침묵 사랑
내 삶의 갈피마다 뭉클뭉클 올라왔지

며느리로, 아내로, 엄마로, 교사로
절벽 같은 아픔이 닥쳐와도
조용히 내면의 의지와 희망을 믿었지

부모, 형제, 자식, 소중한 인연들을 향한 그리움
꿈이 피던 고향의 추억과 자연 사랑
지는 해가 아쉬웠던 최선의 땀 지게를 지고
운명을 사랑한 눈물꽃이 여기 피어난다.

어머니의 기다림

어릴 적 내 어머니는
긴 강둑의 갈대밭
뚝배기 잿불 위에 올려놓고 기다리며
봉당에 스민 햇살을 헤아리고 계셨다

어머니는 이름만으로
나의 품속 하늘이여
우리 사 남매는 가지 끝 바람으로
하얀 밤 여윈 가지를 흔들고만 있군요

숨겨둘 모습조차
바이없이 떠나가고
한 가닥 기다림은 무소식 오라버니
한탄강 너머 저 건너 만나보려 하시는가.

2009. 7. '어머니의 기다림'을 제목으로 시조집을 출간함

유년의 메아리

창문 열면 달려오는 초록 숨소리
싱그럽게 초대하는 오월 언덕에
아카시아 하얀 그리움이 달려온다

내 고향 친구들 이름 부르던 목소리
언니, 오빠, 동생과 화목했던 웃음소리
내 고향 골목길, 학굣길, 뒷동산 과수원길
학교 마치면 냇물에서 목욕하며 깔깔깔
올갱이 잡아 고무신에 담고 오면서 호호호

추석 지나, 가을 운동회, 운동장 들썩들썩
만국기 펄럭펄럭 청백 팀 응원하던 그 함성
봄, 가을, 소풍 때면 두근두근 보물찾기
크리스마스 날 '스크루지' 연극 기억도 생생
얘들아, 보고 싶다, 내가 반장 출석 부를게.

내 고향 풍경화

내 고향은 충북 괴산군 괴산면 대사리
느티나무와 산이 많아서 괴산槐山이라지
신작로 양쪽으로 줄지은 미루나무 길
초등부터 여고까지 오가던 정다운 길
좌우로 길가 도랑물에 고물고물 올챙이들
버스 한 대 지나가면 먼지바람 싫어서
어느 땐 산 밑 느티나무 샛길로도 다녔지
단오에는 뒷동산에서 그네 타고 하늘 차고

사계절 아름다운 꽃밭 진달래, 싸리꽃, 무궁화…
추석날은 갑사 치마저고리 입고 동네 한 바퀴
보름달은 내가 뛰면 같이 뛰고, 신기했지
가난 시절 그래도 인심은 넉넉한 마을
민속놀이 철마다 즐겁던 고향의 웃음소리
내 마음 액자에 그려 넣고 꺼내보지만
무심한 세월은 모른 척 흘러간다.

봄나물 캐러

초등학교 3학년 때였지
할아버지가 만들어주신 바구니 들고
들길로 밭둑으로 냉이 캐고 쑥 뜯을 때
눈과 손은 저절로 바쁘고 재미있고
누가 많이 담을까, 친구들과 살짝 경쟁
하나를 캐면서 얼른 다른 냉이를 봐두면
바로 연결되어 속도가 빨라지더라

바구니 덩실덩실 집에 오면 반겨주는 우리 엄마
"많이 캤구나, 얼른 국 끓이자"
된장 걸러 날콩가루 냉이에 솔솔 뿌려 끓이면
봄 냄새 향긋한 냉잇국에 행복한 가족
쑥버무리 쑥개떡도 봄을 쪄서 먹었지
추억이 맛있는 고향 집 밥상이여!

피난길 산속 울음소리

6.25전쟁, 겨울 피난길
어느 시골 산언덕 낯선 산소 앞에서
엉엉 혼자 울고 있는 어린 여자아이

길을 놓친 아버지와 막내 고모를 찾으러
가족 일행은 오던 길을 다시 갔대요
다행히 아버지와 고모를 찾아왔는데
새파랗게 떨고 있던 아이가 바로 나래요

고교 시절 내 손 잡고 말해주신 엄마 얘기
미안함에 떨구는 엄마의 눈물
무서움에 덜덜, 고아 될 뻔한 아찔함
그 장면 상상하니 불쌍한 울음이 달려온다
얼음판에 숨진 가여운 내 여동생
한 많은 전쟁의 비극, 민족의 피눈물이지.

옹달샘에 구름 떠가네

우리 동네 쇠박골 논둑길 따라가면
낮은 산 고개 아래 비스듬히
햇볕 들고 긴 고랑 꽤나 넓은 밭
엄마 심부름 점심 들고 갔지요

할아버지 아버지 부자간 말수는 적지만
쟁기 소리 정겹고 막걸리 따르며 식사하실 때
나는야 할미꽃, 진달래, 옹달샘과 얘기했지요
"어머, 옹달샘에 구름 떠가네!"
"구름 만져보자" 물속에 들어간 손
"어, 놓쳤네, 구름도 바쁜가 봐" 하늘만 멍하니

어린 소녀 옹달샘 기억은 내 시심의 첫사랑
엄마 심부름 가던 우리 밭 추억의 냄새
지금도 떠가는 동심의 구름이여!

원두막 그 시절

지금은 보기 어려운 원두막 풍경
유년의 꿈이 익어가던 우리 원두막
남산 밑 냇물 옆 우리 밭에는
밀짚모자 삼베옷에 땀범벅 아버지 농사
참외, 수박, 호박, 오이, 감자, 고구마, 고추…
우리 가족 먹고사는 먹거리 터전이지

한여름 무더위에 단내 풍기면
익었다는 신호인가 코도 즐겁지
처음 따는 참외, 수박 잘 익었을까
우리 오빠 박사처럼 척척 고르지
거의 다 맞힌다, 먹어보면 아니까

냇물 소리 졸졸, 책도 줄줄, 하모니카도 불고
충자, 하용, 순용, 덕용, 사 남매 추억
아련한 그리움이 솔솔 풍겨오네.

여고의 꿈 마당

여고 시절 소녀들의 꿈 마당
1학년 때 학교문집 『괴원槐苑』 5호
1964년 1월 10일 발간, 전교생이 읽었지
나무 그림 연둣빛 표지, 교가부터 시작
누렇게 낡고 닳아서 글씨조차 흐려져도
그 시절 추억들이 알록달록 수를 놓았지

내 친구 「시험」도 우수한 글이지
내 작품은 「경주 기행문」 네 쪽 분량
수학여행 경주로 완행열차 타고 갈 때
스쳐 가는 낯선 풍경들, 본 대로 느낀 대로
2박 3일 경주 유적지 탐방 꼼꼼히 메모했지
불국사 석가탑, 다보탑, 토함산, 해인사, 포석정…
천여 년 찬란한 신라 문화 소중한 유적들에 감탄
돌아와 메모 덕분에 「경주 기행문」 탄생
내 글쓰기의 보약 거름, 추억의 보물이지.

속초의 선물

시장 가서 걸음 멈춘 생선가게
가격 따라 크기 다른 물오징어들
'사 가시오' 선택만을 기다리네
물오징어 살 때면 찡한 그리움

바다 없는 내 고향은
생선 먹기 어렵던 시절, 고교 2학년 때
수학여행 속초항구에서 기념품 선물 대신
가족 생각 떠올라 물오징어 두 마리
'상하면 어쩌지?' 조심조심 가져왔지

집에 오니 엄마도 기특한 눈치
다행히 상하지 않아 무쇠솥에 요리 시작
들기름에 달달 무를 볶다가 쌀뜨물, 물오징어 넣고
양념 넣어 끓이니 매콤 시원, 속초 바다 냄새
가족 사랑 묻어나던 그 냄새가 그립구나.

추억의 돼지불고기

고교 시절, 공부 마치고 교문 나올 때
살며시 옷소매 끌던 내 친구
편하게 친구 집으로 따라가던 내 책가방
집에 갈 시간이라 일어나면
친구는 나를 살며시 앉힌다

문이 열리며 냄새부터 들어오는
빨간 돼지불고기 밥상
잔잔한 미소로 식사를 권하시던
고운 얼굴 친구의 큰올케님
친절 맛도 한 접시 올라왔지

시장기 자극하던 그 냄새 못 잊어
친구야 고맙다, 매콤달콤 추억에
그리움만 상추에 싸 먹는다.

아버지의 전설

우리 할머니는 안동 김씨 양반
고매한 인품에 풀 모시 한복으로
한여름 꼿꼿이 앉으시던 고상한 모습
어릴 때 할머니 얘기는 나의 재미였지

아버지 어려서 할아버지와 산에서 나무할 때
백발 도사 할아버지 지팡이 들고 나타나
"똑똑한 놈 썩는구나!" 혀를 쯧쯧
할아버지 장에 가서 『천자문』 사 오시고
삼십 리 길 서당에 보내셨대요

또 하나는, 먼 길 밤에 오시다가 길을 잃었는데
호랑이 한 마리가 퍼런 불빛, 눈에서 뚝뚝
그 불빛 따라오신 아버지, 어느새 우리 집 대문 앞
믿거나 말거나 전래동화같이 재미있는 전설
'도사님, 호랑이님, 고맙습니다.'

아버지가 보내신 편지

일금 십오만 원 송금하니
등록금에 보태 쓰기 바란다
사람은 마음에 안정이
가정에 평화가 되겠지
내가 언제나 말하듯이
누구나 나만 못한 사람을 생각할 때
나는 행복하다는 걸 잘 알겠지
인간이 사는 길은
행불행을 겪은 후에야
인간의 참삶을 알 것이다
아무쪼록 가정에 평화를
간절히 기원하며
하나님께 기도드린다.
1986. 1. 29. 애비가

아버지 편지 열세 줄 그대로 옮김

특별한 소포

결혼 초년기 시절
낯선 땅 대구시에서 멀지 않은 학교
서먹서먹 조심스레 적응하였지

설날이 지난 어느 날, 학교로 배달된 소포
'이게 뭐야, 엄마가 보내신 음식이네'
가래떡 썰고, 녹두전, 약과, 식혜 밥알…
이럴 수가, 꿈인지 생시인지
목이 울컥 "엄마, 엄마!" 마냥 불렀지

딸이 좋아하는 녹두전 어찌 먹여줄까
들기름 두르면서 얼마나 생각하셨을까!
내 삶은 온통 어머니 샘물 사랑
그 사랑 받기만 했던 불효를 어찌하리
멀리 온 죄송함에 후회를 해본들
피 같은 그리움만 가슴을 때린다.

밤길이 어둡지 않은 이유는

사십 대 불혹의 나이, 늦었지만 나의 도전
서울교대, 고려대 교육대학원 국어교육과
야간으로 배움에 도전한 늦깎이 학생
석사학위, 중등 국어 교사 자격증은 땀의 선물
학교 근무 마치고 버스 타고 만원 지하철
밤늦게 돌아와도 뿌듯한 피곤이었지

대학생들 데모 시절, 연기에 숨이 막혀도
강의실 찾아가면 교수님 말씀 귀에 쏙쏙
잠도 겁을 내고 배움이 참 맛있었지

지하철에서 영어 단어 외우다 아차, 지나가고
정녕 나의 밤길은 어둡지 않았고
가족에게 부족한 손길, 그 세월이 미안하지
내 의지는 나의 스승, 꿈도 배움도 무죄여라.

조카들, 미안한 사랑

밤하늘 별빛이 유난히도 예쁜 날
저 별빛 속에 생각나는 이름들
어릴 때 초롱초롱 맑은 눈망울로
"고모야, 이모야" 부르던 조카들이
하나둘씩 정답게 모인다

할아버지, 할머니에겐 보물 같은 손주들
부모에겐 꿈이고 희망이고 전부였지
세월은 그리 흘러 너희들은 장성하여
행복 가정 이루니, 얼마나 든든하고 미더운지
잘해주고 싶었는데 미안함이 뭉쳐온다

고맙고, 자랑스러운 조카들아
자주 소통하며 핏줄의 정을 나누렴
늘 그 마음 초심처럼 사랑한다.

딸이 그려준 초상화

사진으로 보는 얼굴과
그림으로 보는 얼굴 무엇이 다를까
사진은 한순간 '찰칵'으로 나오지만
그림은 영혼을 살려내는 고뇌의 작업이지

어쩌면 그리도 사진과 닮았는지
둘째 딸이 그려준 우리 부부 초상화
어느 해 어버이날 감동 선물
평소에 조용하며 속이 깊은 아이

은은한 채색에 세심한 터치
미술 전공 감성이 순수하게 빛났지
늙지 않는 초상화의 행복
액자에 넣어주니 고맙고 소중하지
잔잔한 그 효심에
믿음이 꽃밭 같구나.

중국 여행 그날들

얼마 만인가!
둘째 딸과 함께한 중국 여행
둘 다 교사라 여름방학은 황금 휴가
호기심 가득, 비행기로 날아간 거기

광둥성에 있는 광저우 3박 4일
다행히 중국어, 영어까지 가능한 우리 딸
경제무역도시, 고온 다습 불볕더위 숨이 답답

고대와 현대가 공존하는 유적지, 유물들 탐방
거대한 영토에 여러 민족의 통합 문화
중산대학 광둥성박물관, 백화점, 붐비는 기차역…
세계화에 눈 맞추는 변화의 물결이 출렁
사진으로 담아 온 추억을 돌리며
고마운 딸에게 행복 사랑을 전한다.

2005. 8. 20.~22. 둘째 딸과 중국 여행을 다녀와서

KBS 〈아침마당〉에

내가 방송에 나가다니
1997년 8월, 어느 날 걸려온 낯선 전화
내 이름 확인하는 KBS 방송국 PD의 말
"아침마당 9시에 초대합니다"
얼떨떨 받아들이고 설렘에 붕 떴지

방송에 초대하는 이유는
『혼자 도는 바람개비』 소년 소녀 가장들 실화
전국독후감쓰기대회에 참가하여
우리 학교 학생들이 많이 입상하고
나는 일반부에서 입상하여 방송국까지

술술 말 잘하는 이상벽 진행자
전국 소년 소녀 가장들 초대하여 선물도 주고
나에게 인터뷰까지, 독서 사랑 날개 달고
힘들어도 희망은 쓰러지지 않는다.

너를 그리 보내고

입시지옥 터널을 지나
피아니스트 꿈을 꾸게 된
나의 큰딸 음대를 가니
한없는 기쁨에 벅차도록 감격했지
얼마나 두 손이 시리고 아팠을까
묵묵히 이겨낸 눈물의 보상이지

졸업 후에 너는 미국 유학으로
플로리다 음대 대학원에서 건반의 강을 건너
피아노 연주 박사학위 꿈을 이루었으니
네 손끝에서 피어난 값진 보람이지

너를 그리 보내고 엄마는 가슴앓이 수 세월
이젠 조지아에서 전공 활동 펼치고 가정도 꾸려가니
애타는 그리움은 속으로만 끓인다
보고 싶다, 몇 번을 다녀왔지만
허전한 바람, 꿈꾸는 마음만 달려간다.

돈 꽃다발

어버이날 선물이래요
막내딸이 정성 꼭꼭 박아 만든 선물
생각이 예쁘니 뭉클 떨어지는 눈물

카네이션 빨간 꽃 하얀 꽃 사이사이
오만 원권, 만 원권, 한 바퀴 돌려
사랑 향기 피어나는 돈 꽃다발
둥근 투명 원통 안에서 멋지구나

하얀 꽃은 하늘로 떠난 제 아빠의 슬픔
멋진 아이디어 손재주도 톡톡 튀지
이 돈을 차마 어찌 쓰랴
몽글몽글 피어나는 사랑꽃, 효심꽃
고마워라, 가슴에도 꽃이 핀다
예쁜 효심 은혜의 향기
세월 속에 번져가리.

하늘 그리움

우리 거실에 새로 걸린 큰 액자는
이쁜 사람이 손수 그린 민화 작품
조카가 뚝딱 걸어주니, 모두 박수
거실이 금세 훤하게 빛난다

굵은 소나무 기둥 비스듬히
가지마다 풍성한 청솔잎들
암수 두 마리 학이 솔가지에 앉아
길게 목을 빼며 하늘 보는 다정함이여
얼른 지어본 제목은 '하늘 그리움'
작가의 내면을 상상하니 잘 어울린다

내 작품 「어머니의 기다림」 시화 액자 옆에서
두 작품이 무언으로 통하는 그리움의 효도
마음 담긴 사랑의 선물, 귀한 가보여라
'시집 표지는 이걸로 하자'
얼른 결정하니 기쁨이 덩실 춤을 추네.

그리움 거기에 풀어놓고

참으로 오랜만에 내린 애틀랜타공항
몰라보게 성장한 중학생 손자 민재
든든한 사위, 보고픈 내 딸 포옹하고
설렘으로 달려간 조지아 매리에타 집에는
넓은 잔디 온갖 야생 꽃들이 한들한들
과일나무, 채소밭, 연못, 키 큰 소나무들…
환영 식사, 넓은 잔디밭 식탁에서
맛있는 웃음소리, 쌓인 그리움도 먹었지

이른 새벽 새소리, 풀 향기, 커피 사색의 여유
한국 시장, 백화점들 눈과 입이 놀라고
내 솜씨 음식들, 냉동고 가득 채워도 아쉬워
인상 깊은 체험과 여행지들의 새로운 감동
'애틀랜타 보태니컬 가든' 세계의 식물원
꽃 장식 가이아 여신상은 수목원의 상징
거대 숲속 산책길은 초록 생명의 천국
온갖 나무 행렬 꽃 천지, 마음 다 뺏겼지

‘플로리다 에메랄드 비치’ 5박 6일간 여행
모래사장 파도 철썩, 거대 물결 밀려 나가면
가족들 두 발이 춤추고 웃음 폭발, 청량 힐링
늦은 나이 낯선 호강, 옥빛 추억 가득 써 왔지

조지아 관광 명소 ‘스톤마운틴’ 정상에 오르고
산 둘레 달리는 기차 타고 숲 바람에 목욕했지
밤 9시부터 ‘레저 불꽃놀이’ 황홀 감탄 폭발
수많은 관광객의 조용한 질서, 역시 선진국

피아노 연주에 매진하는 큰딸 열심히 살지
그리움 즐겁게 풀어본 43일간의 행복
분신 하나 떼놓는 공항의 억지 이별
목이 빠질 기다림 다시 데리고
아쉬움 멀어지는 발길은 천근만근
참기 힘든 내 눈물, 비행기를 적시네.

2023. 6. 1. ~ 7. 14. 미국 조지아, 큰딸의 집을 다녀오며

할머니 죽지 마세요

사랑하는 외손자 민재야
오랜만에 너를 만나니 반가움이 춤추고
쇼핑 가면 카트 끌어주던 싹싹한 네 모습
끝말잇기, 퀴즈, 팍팍 튀는 화술의 매력
새벽부터 독서하고 어딜 가도 책 읽는 습관
스마트폰 없이 독서 탑을 높이니 감동 박수
매일 피아노 맹연습, 열 손가락의 하모니
할머니가 만든 수정과도 그리 좋아했지

야생화들의 정원, 행복한 추억 남기고 떠날 때
애틀랜타공항에서 할머니 포옹하며
"할머니 죽지 마세요" 가슴 쿵, 뭉클 인사
한없이 고맙고, 기특하구나
우리는 다시 만날 거야
기다림을 꽃피워 보자.

2023. 7. 14. 애틀랜타공항에서 민재와 헤어지며

은평은 나의 어머니

은평에 보금자리 가꾼 지 어언 수십 년
아이들 공부 다 마치고 직장인이 될 때까지
오직 한길 나의 교직, 정년퇴임 후 지금까지
은평에서 이루었다, 은평이 품어주었다
어머니 가슴처럼 푸근한 은평의 지붕이여
비바람 눈비 젖는 고단한 삶을 안고서도
때로는 웃음 벙그는 희망의 샘터라오
(…중략…)
은평 한 바퀴 돌아보자, 북한산 맑은 정기
월드컵 하천길 걸음 행렬에 건강이 묻어나고
축구의 함성이 지구촌을 흔들던 감격의 메아리
전통이 숨 쉬는 한옥마을, 박물관, 값진 문화재들
어머니 손길 같은 소소한 행복들, 감사해야지
웃음이 풍년 드는 미래로 힘주어 걸어가자
은평 하늘에 뭉게구름이 평화롭구나.

2022. 11. 은평문화원《은평문예》지 제31호에 추천된 글

사랑하며 감사하며

우리 집 가훈은
'사랑하며 감사하며'
참 좋은 말, 삶의 스승 같아라
거실 벽에서 매일 보니 정이 든다

하루 문이 열릴 때도 닫힐 때도
'오늘도 감사합니다'
나의 부족함과 미안함이 올라오면
울컥 가슴 쥐고 용서를 부른다

움직이는 생각으로 부지런한 노작으로
한 세월 소중한 나의 사람들에게
받은 은혜, 고마움으로 보답하자
더 사랑하고 더 베풀고 더 비우자
가는 길 그렇게 하늘처럼 살아가리.

그리움은 늙지 않는다

그리움 날개 달고 고향 집에 내리면
반가워라 장독대, 너른 마당, 우물가
시조창 부르시던 선비 냄새 아버지
어머니 알뜰 살림, 눈물진 아궁이여
한탄강 북녘 하늘 소식 없는 큰오라버니
애타게 소원 빌던 기다림은 하늘로 가고

병상에서 외롭게 떠난 내 님의 이별
수십 년 땀 뿌린 교단, 사랑 물결 정년까지
놓친 게 많아도 미안한 게 많아도
마음이 풍랑 위에 떠갈 때도
희망을 등대에 달고 열정을 믿은 세월

여기까지 내 삶이 얼마나 감사한지
함께한 사람들이 얼마나 소중한지
혼자도 외롭지 않은 이유는
늙지 않는 그리움을 먹고 사니까
그 시절 파랗게 가슴에 시를 쓴다.

2부
시는 노래가 되어

-나의 시를 가곡으로 부르다-

이런저런 슬픔이 와도
자연에서 삶에서 배우는 시 사랑
행운인가, 나의 시를 가곡으로 부르다니

한국가곡작사가협회 창단 멤버(1990. 5. 24.)로
작사집이 출간되면 가곡으로 탄생
나의 시와 시조를 인정해 주시고 선정해 주신
한국작곡가협회 고마운 작곡가님들

가곡집, 가곡 발표회, 비디오, CD 발표도 수십 편
내 악보만 제본하니 기쁘고 뿌듯했지
아쉽지만 지면상 20편만 실어본다
내 서정적 영혼의 바다에 가곡이 흐른다.

악보의 생명

시인이 시를 짓고
작곡가가 악보로 창작하면
새 노래가 탄생되는 고뇌의 꽃
눈물은 꽃이 되고 기쁨은 겸손해지고
희망은 용기로 사랑과 꿈을 피우지

시의 감성을 빛내준 작곡의 위대함이여
CD에 수록된 내 가곡을 들으면 정서도 힐링
시를 쓴 보람이 행복 춤을 추면서
눈물 펑펑 고마움이 절을 합니다.

* 저의 시로 작곡해 주시고 성악 무대와 CD로 발표해 주신 강창식,
권오철, 김승곤, 김정양, 백승태, 신귀복, 안경수, 윤소정, 이옥영, 이
종록, 조인아, 최삼화, 한성훈… 음대 교수님들, 덕분입니다. 감사의
꽃을 바칩니다.

만남의 고향으로

어제는 먹구름이
비바람을 몰고 왔지만
오늘은 밝은 햇살 꽃바람도 불어온다

비 온 땅이 더 굳는다
산전수전 지난 세월
눈물바다 깊었지만 이제는 옛이야기
님의 넋들 거룩한 땅 푸른 미래 보인다

가는 길은 만남의 길, 오는 길도 만남의 길
두고 떠난 고향 산천 남과 북은 만나리라
손에 손 잡고 형제여 만나자
가까이 손짓하는 만남의 고향으로.

1995. 5. 국가보훈처 전국백일장 수상 작품
『우리가 꿈꾸는 만월』 58쪽, CD 발표

하늘은 거울 같아서

때때로 숨이 차면 하늘 보고 달리고
말문이 막힐 때도
저 하늘을 바라봤다
침묵은 품 안 같아서 후광으로 빛나고

태초의 고뇌까지
잠재우던 아, 저 진공
진한 숨소리로
새 별 하나 키워놓듯
우리는 저 하늘에다 발자국을 남긴다

하늬바람 건너간 그 길 다시 해와 달이
내 모습 어려 비친 저 거울을 보면서
들꽃이 지는 이유를 예서 짐작하겠네.

1995. 12. 5. 時調生活社 신인문학상 당선작(이종록 작곡)

그 언덕

마음이 쓸쓸해 가고 싶어라
내 고향 뒷동산 언덕
그 언덕 지금도 솔바람, 솔바람이 불어올거나
복사꽃 과수원 꽃비 속에
뛰놀던 친구들 어디에
옛 생각 따라서 가고 싶어라, 어릴 적 그 언덕

마음이 울적해 가고 싶어라
내 고향 뒷동산 언덕
그 언덕 지금도 웃음꽃, 웃음꽃이 피어날거나
풀피리 산울림 바윗골에
정답던 친구들 어디에
그 시절 찾아서 가고 싶어라, 어릴 적 그 언덕.

1999. 10. 8. 김정양 작곡

우리의 한강

조상의 혼이 흐른다, 맥박이 뛴다
서울의 푸른 젖줄 희망의 젖줄
굽이굽이 길게 길게 꿈이 흐른다
반짝이는 번영의 물결, 우리의 한강

육삼빌딩 굽어본다, 힘이 솟는다
유람선 달려가고 다리 위로 자동차 물결
출렁출렁 민족의 숨결, 행복의 샘물
더 큰 세상 흘러가는 우리의 한강

가꾸자 더 푸르게, 빛내자 더 맑게
억만년 흘러가리, 우리의 한강.

1991. 11. 30. 『한국가곡작사집 2호』 129쪽

기다림

목련꽃 눈꽃처럼 피어나는 날
누군가 올 것 같은 기다림 속에
봄바람 꽃바람 불어오면은
하얀 꽃잎 속으로
님 찾아오려나

단풍잎 꽃물처럼 물들어 오는 날
누군가 올 것 같은 두려움 속에
갈바람 솔바람 불어오면은
그리운 우리 님은
다시 안 오려나.

1992. 12. 호암아트홀 성악 발표(문예진흥원 후원), CD 발표

떠나간 배

어디로 떠나가나
두둥실 저 배는
아득히 머나먼 수평선 너머로
물보라 파도에 꿈을 실었나
떠나는 배 따라 나도 가고파

어디로 떠나갔나
멀어진 저 배는
계절이 오고 간 물 언덕 갈잎 소리
등댓불 밝혀주면 쉬이 오려나
떠나간 뱃길 따라 달려가고파.

제9회 서울창작가곡제(국립극장 달오름극장), CD 발표

안개꽃 한 아름

안개꽃 한 아름을 가슴에 안아보면
안개처럼 사라져간 옛날이 떠오른다
아련한 기억 속에
맴도는 그 얼굴이
안개꽃 망울 속에 하얗게 피어난다

안개꽃 한 아름을 가슴에 안아보면
근심 걱정 사라지며 내일이 다가온다
마음속 꽃노래는
소망의 메아리로
안개꽃 망울 속에 정겹게 들려온다.

1995. 11. 19. 환경창작가곡제(호암아트홀), 비디오 제작

해 뜨는 집

땅끝이 여기던가, 해남 땅 발끝 머리에
새벽길 기다림 속에 눈썹 하나 파도에 올라
온 가슴 불로 달구며
둥글게 산을 오르네

누구는 바닷가에서 누구는 산 위에서
그 님을 만난 기쁨에 하고 싶은 말이 생겼네
시작은 아름다워라
우리 태어난 것처럼

어둠을 밝히려고 소망을 지키려고
땅끝에 묻힌 그리움, 날마다 그 자리에
수평선 여명의 품속
어머니 해 뜨는 집.

2004. 5. 25. 『한국가곡작사집 12호』 80쪽, CD 발표

그 섬에 피는 꽃

먼 산엔 아직 눈 날리건만
그 섬엔 벌써 봄날이 들어
잠을 깬 흙냄새 따라 꽃별처럼 피는 동백꽃
꽃망울 터지는 소리, 벌써 물들었네

잎새는 누가 닦았나
햇살도 매끄러워라
찾는 사람 발길 뜸해도 수줍어라, 고운 그 숨결
바람결 꽃잎 사이로 그리움을 엿듣는다

무심한 바다에 싸여
파도 소리 매만지면서
뱃고동 드나들 때면 들킨 마음 볼이 더 붉어
옛 님은 떠나간 그 섬, 보길도는 시를 짓는다.

2004. 5. 25. 『한국가곡작사집 12호』 81쪽, CD 발표

그리움 저 너머에

어린 시절 내 고향에는
느티나무 푸르렀지
그늘 아래 도란도란 꿈 노래를 불렀지

밤이면 달빛 따라
온 세상을 떠다니며
하늘나라 내 집처럼 날개옷을 입었지
그 시절 언제였나
옛 친구들 어디 갔나
빈 고향 하늘가에 산울림만 여울질까

그리움 저 너머에
손짓하는 내 어머니
그리움 저 너머에
서성이는 내 그림자.

1996. 5. 5. 『한국가곡작사집 5호』 96쪽, CD 발표

고향의 얼굴

몇 해 만인가
앞산 뒷산 앞산 뒷산 제자리인데
골목길 흔적 없고, 미루나무는 어디 갔나
네 이름 너무 고운데 나는 왜 낯설까
내 고향은 내 고향은 대답이 없네

상처 입은 돌다리야, 늙었구나 뒷동산아
외딴집 오솔길에 소원 빌던 느티나무
그리운 친구야 모두 모두 어디 갔나
내 고향은 내 고향은 대답이 없네

등 돌려도 등 돌려도 다가서는 내 고향
빛바랜 사진 한 장에 진달래가 만발하다
불러도 불러도 모두 모두 어디 갔나
내 고향은 내 고향은 대답이 없네.

1999. 3. 20. 김정양 작곡, CD 발표

얼음 파도

햇살이 쏟아지는
저 강물 얼음 강이
여린 살로 누워서 하얗게 반짝인다

황톳길 산길 아래
강언덕을 거닐면서
아스라이 고향 불러 벗들과 마주한 날
언제 왔나 통통배가
저 살결을 가르면서
무정하게 무정하게 저 멀리 사라진다

산산조각 밀려오는 얼음 파도 물결이여
차라리 네 모습이 눈부시게 아름답다
강줄기 따라가면서 노을을 기다린다.

1998. 6. 4. 서울중등가곡사랑회 가곡 발표 (문예회관 대극장)

고향처럼 부른다

마음속 꽃밭에는 꿈을 뿌리고
흙내음 꽃밭에는 꽃씨를 뿌려서
멍든 땅 신음 소리 잠재워 주소

정직한 저 흙 속에 양심을 뿌리고
생명수 저 물속에 거울을 비춰서
사계절 푸른 옷을 입혀주소서

달밤에도 빛나는 반딧불이 부르고
옛 동산 메아리도 하늘땅 맑은 소리
아아아 부른다, 하늘땅 맑은 소리
고향처럼 부른다
고향처럼 부른다.

1995. 10. 환경창작가곡제 발표, CD 발표

목련이 질 때면

목련이 질 때면
차마 눈길 머물 수 없네
차라리 발길 돌리면 따라오는 흐느낌이여
그토록 고고한 날개
그토록 고고한 날개 눈꽃 송이 어딜 갔나

어제는 꽃잎 끝에
종이학이 날아오고
소복단장 치마 끌고서 님 그리던 여인이여
짧은 날 야윈 설움이
짧은 날 야윈 설움이 노을 속에 짙어가네.

1999. 11. 25. 『한국가곡작사집 8집』 103쪽, CD 발표

작별을 넘어서

잠든 채 가시었네, 어머님은 하얀 연기
사십구재 설운 날에 빈 배 홀로 타시었네
그 통곡 거두어 가신 어머님의 한 세월

영혼은 둥지를 떠나
어드메로 가셨는가
굽이굽이 강물 따라
어드메로 가셨는가
목메인 그리움이여
하얀 반달 같구나

무거운 짐이어든 모두 뿌려버리소서
가벼운 구름 가듯이 고운 나라 가옵소서
밤마다 그리운 가슴에 별빛으로 나리소서.

1997. 7. 2. 인천예술회관 가곡 발표회 (성악가가 눈물로 불렀음)

Beyond the Farewell

She went away while sleeping.
Mom was a white smoke.
On the sorrowful forty ninth day since her death,
she got in the boat by herself.
Oh, a life of my mom
which took away our lamentation!

I wonder where her soul is gone away
leaving her nest! Where is she gone away
along the winding river?
Oh, sobbing wait, You look like the half moon!

Please abandon all of your heavy burdens.
Please go to the Happy Land
as the light cloud goes away.
Please come down into my mind
as the star light.

빈자리에 스쳐 가는 바람

빈자리에 스쳐 가는 바람을 보는 날은
그대 숨소리를
햇살밭에 심고 싶다
가신 님 떠난 자리에 이슬 한 점 오르게

내 떠날 빈자리에 스쳐 가는 바람은
고향 뒷동산을 훠이훠이 돌아가고
목메인 사슴 한 마리 들비 속을 가르리

하나씩 떠나가는 모두의 가슴마다
작별을 예비하는 낙조의 저 뒷전에
산까치 날갯죽지가
가로누워 있겠다.

2008. 이종록 작곡, CD 발표

내 마음의 오솔길

때때로 가고 싶은 길
오솔길 따라가면은
어제 뿌린 눈물도
먹구름에 가린 절망도
그 무게 비우는 소리
솔향기에 묻어난다

사계절 오고 간 바람
잎새마다 작별을 해도
초록 머리 일편단심
산까치 둥지 사랑도
오솔길 발자국 따라
내 마음에 집을 짓는다.

제11회 서울창작가곡제(국립극장 달오름극장)

물안개 피는 바다

새벽이 열리는 소리
소리 없이 비를 적시고
물안개 자욱하더니 저 바다는 숨어버렸네
아아아, 그 넓은 가슴, 물안개에 밀려가다니

언제까지 머물 건가
길 잃은 수평선 위에
꺼질 듯이 찾아온 작별, 물안개는 치마를 걷네
아아아, 원망도 없이 제 갈 길을 모른다네

잠시 동안 길을 비켰나
깃발 드는 파도의 침묵
안개비 눈물에 섞여 파도 색이 더 고와라
아아아, 물안개 사랑, 그리움이 하늘에 젖네.

2003. 5. 25. 『한국가곡작사집 11호』 89쪽

보리밭 물결에 실려

마음이 나들이 간다
보리밭 물결이 불러
바람이 썰매를 끌듯
파도 따라 미끄러지네
초록님 골을 따라서
손짓하는 고향길로

마음이 풋풋해진다
보리밭 싱그러운 맛
뜨거운 몸살이 와도
그날까지 살결 태우리
가난이 옷을 벗어도
보리밭은 어머니 얼굴.

2005. 8. 30. 『한국가곡작사집 13호』 76쪽, CD 발표

유월이여 말해다오

또다시 찾아온 유월
빈손으로 돌아왔네
기다림은 어디에 놓고
고향길로 먼저 달리나
어머님은 떠나셨는데
아버님도 떠나셨는데 거기엔 텅 빈 그리움
아아, 북녘 하늘 무심하구나

눈물로 찾아온 유월
미안해도 돌아왔네
한 핏줄이 겨눈 총소리
산천이여 들리는가
남과 북은 세월도 몰라
기다림은 허기졌는데 거기엔 길이 없는지
아아, 유월이여 말해다오.

2001. 4.『이종록 창작 가곡집』, CD 발표

3부
사랑하는 교단 꽃밭

-오직 한길, 사랑하는 제자들아!-

내 삶에서 가장 긴 시간, 교직은 내 운명
새벽의 설렘으로 출근하면 칠판은 나의 애인
소중한 제자들만 바라본 열정의 직진
실패도 약이 되는 경험을 사랑하고
하면 된다, 해보자, 아름다운 도전

"바보처럼 성실하다"는 말, 듣기 좋았지
창의적 노력으로 땀에게 기대고 공들여
백일장 작품들, 학급문집, 학급시집, 독서신문…
각종 지도의 응답, 제자들과 엮은 정성의 보람
정년퇴임 후에도 제2의 교단, 9년은 은혜의 대박
교단 모든 세월 모시던 교장선생님, 교감선생님
제자들, 동료들, 학부모님들의 소중한 인연
그리운 추억의 향기로 스며든다.

내 땀이 춤추던 날들

내 교단, 내 땀이 남긴 제자들의 유물
정성으로 엮은 작품집, 사진들, 편지첩…
연도별로 책꽂이에서 제자들과 만나지

글쓰기 지도 사랑, 그날의 설렘과 성과
독후감쓰기대회 다수 입상, KBS 방송국 가고
국립묘지 전국시쓰기대회 대상 오십만 원
서울시교육청 논설문쓰기대회 본선 최우수 두 번
최우수 제자는 보신각종까지 치는 영광
백일장마다 줄줄이 입상, 신나던 땀의 손길

전국시조백일장 종묘에서 300여 명 참가 다수 입상
홍연초교 단체 장관상 두 번, 학생 장원, 교사도 장원
나보고 미쳤다고 말씀하신 교장선생님의 든든한 지원
등에서 땀이 춤출 때 보람도 춤을 추었지.

등꽃의 이름으로

소망을 양어깨에
우직하게 걸머지고
솜털마저 힘을 담아
노적가리 높입니다
등꽃은 긴 호흡으로
분만을 시작합니다
(《등꽃》 창간호, 대표 한연희 님의 시조)

내 교실은 꿈 볶는 소리, 글짓기 웃음소리
어머니들 요청으로 삼십 명 어머니 문예반 운영
뜻있는 어머니들 '등꽃' 모임 만들어주시니
시 쓰기 지도 시간, 왜 그리 행복했는지…
등단도 하고 대학교 문예창작과도 다니고
《등꽃》 시집 발간 13호까지 문학 사랑 절정이었지.

1997. 2. 13. 서울미동초등학교 어머니 문예반 운영

해바라기 웃음소리

애들아, 눈 뜨자 세상이 보여
해바라기 새싹은 그렇게 봄을 마시고
한여름 노오란 꿈을 칠하며 쑥쑥 컸지
우리 6반 천사들, 꼬마 시인들

백련산 까치 소리 창가에 놀러 오고
도란도란 꿈 얘기와 노랫소리
햇살 가득 퍼지던 우리 교실
산바람 등에 업고 달리던 아침 운동장
물레방아 연못가에서 꿈을 돌렸지

오래오래 피어날 해바라기 제자들아
아름답던 꿈 교실 우리의 추억들
언제나 기억할게, 사랑스러운 나의 제자들아!

2003. 2. 서울홍연초등학교 2-6 학급시집 『해바라기』 서시

꿈길

"올바른 독서 습관으로 마음의 등불을 밝혀라"
선생님이 자주 하던 말, 잊지 않았지요?
독서 300권 목표, 읽고 나면 다양한 독후감 쓰기
학급독서문집『꿈길』탄생을 축하합니다

개별 이름과 얼굴 사진, 재미있는 독서 별명
소나무, 거북선, 존재, 조약돌, 반딧불, 책갈피…
새롭고 다양한 구성으로 CD까지 제작하여
'독서실천사례' 발표에서 큰 칭찬 받았지요

미래의 꿈과 지혜를 수놓은 꿈 마당의 축제
"책 든 손 귀하고 읽는 눈 빛난다"
독서의 귀한 말씀들 피와 살이 되리라.

2004. 2. 9. 서울연은초등학교 6-4 독서문집『꿈길』서시
2007. 8. 27. 독서감상문대잔치 학급우수상 (대한교과서 주최)

비행운

이채은(문학 제자)

파란 하늘 가로지르는 비행기
도화지에 선을 그리듯
뒤따르는 하얀 궤적
비행기에 타고 있는 사람은
모를 거야, 그가 지나온 길이
얼마나 아름다운지를

집에서 학교에서 빌딩에서
날아가는 비행기를 바라보는 사람들
그들의 눈동자에 내려앉은 비행운은
과연 어떤 모습일까?

때로는 비행기에서 내려
자신이 날아온 궤적을 살펴보자
아, 이 얼마나 다채롭고
뽀얀 순백의 구름인가!

『한마음 사랑 모음집』을 드리며

연은초 2-4 학부모 대표의 글

정녕 선생님을 보내야만 합니까?
한결같은 선생님의 사랑, 인자하신 깊은 은혜
엄청난 재능으로 많은 제자의 가슴을 풍요롭게
꿈을 먹이시고 보듬어주셨습니다
온 정성과 열정의 가르침, 곧으신 신념
저희 학부모들은 존경하고 닮고 싶습니다

새벽바람 떠안고 이른 시간 교실로
아이들 하나하나에게 참사랑 주신 작은 보답으로
아이들 마음을 담은 『한마음 사랑 모음집』을 만들어
아쉽게 떠나실 정년퇴임에 감사의 마음을 전합니다
우리 반 꼬마 천사들은 선생님과 행복한 시간들을
오래오래 기억할 것입니다
부디 건강하시고 행복하시기를 빕니다.

'정년퇴임'의 날

오늘 나는 '정년퇴임'의 날
세월아, 초등 교단 삼십팔 년이 바람 같구나
온 정성 손때 묻은 나의 교실 구석구석 향기여
마지막 칠판을 닦는데 뚜두둑 떨어지는 눈물
더 잘해줄걸, 제자들 책상을 하나하나 만져본다
모든 정리를 마치고 빈 교실 문을 나오며
"얘들아, 안녕" 목부터 울음보가 터진다

오로지 제자들만 바라본 열정의 세월
교실만 들어가면 무조건 행복했던 길
마지막 퇴임식장이 왜 낯설까!
'홍조근정훈장'에 떨어지는 감사의 눈물
마지막 정든 연은초, 교장선생님, 교감선생님,
사랑하는 제자들, 선생님들, 학부모님들
그간의 정든 사랑과 은혜에 감사드립니다.

2009. 8. 31. 연은초 정년퇴임의 날 소감

엄순용 선생님 아름다운 '정년퇴임'에 부쳐

시인 장수경 님의 글

개나리 꽃순 트던 아련한 어느 봄날
꽃망울 설레는 가슴 안고 들어오신 교정
병아리들의 재잘거림을 노래라 여기시고
눈꽃 피는 날에도, 이슬꽃 피는 날에도
오직 한길만 걸어오신 당신

남다른 문학의 열정과 애정 어린 교육관으로
비가 오는 날은 비에 젖는 방법을
바람 부는 날에는 바람 타는 방법을
햇빛 눈부신 날은 햇살에 눈 감는 방법까지
고운 감성을 일깨워 주시던 참교육자이셨기에
새싹들은 더욱 싱그럽게 키를 높여갔습니다

이제 나무들은 튼실한 열매를 맺고
향기를 더하는가 싶은데
정년퇴임으로 떠나시는 아쉬움이 밀려옵니다

그러나 당신께서 채색해 놓으신 꽃밭은
가시는 걸음걸음 향기로 스밀 것입니다
그리고 당신과 인연을 한 많은 사람은
자상하고 품새 너른 당신을
오래오래 기억할 것입니다

이제 저희들은 당신의 열정을 올올이 꿰어
화관을 씌워드릴까 합니다
날마다 뜨고 지는 해처럼, 달처럼
변함없이 세월의 연륜에 실려
푸른 언덕을 힘껏 달려가시길 소망하며
아쉬운 마음을 여기에 담아봅니다.

정년퇴임 후유증

정년퇴임식을 마친 그날 밤
나는 꿈에서 우리 반 아이들을 만났다
산속 어디로 소풍 가는 날
맨 뒤에서 아이들을 따라가다가
깨어보니 나는 집에 있다
'어머, 왜 학교에 안 갔지?'
순간 혼미한 착각에 달력을 보니
'아, 어제 퇴임식 했지'
출근 가방도 옆에 있었다

어찌 시간을 보내야 할지
무엇부터 할까, 청소부터 할까?
습관처럼 총총 쓰던 메모록 줄칸이 헐렁해진다
허전함과 무력함이 파고들며 멍해지고
내일은 어찌 보내지? 모레는?
낯선 공허의 매질이 아프더라.

제2의 교단에 서다

초등 교단 정년퇴임 직후
서울시 복지과 운영, 문학 강의 요청으로
청소년 글쓰기 지도 강의를 하던 중
은인의 안내로 제2의 교단에 섰지

참으로 특별한 학교, 매일 뭉클한 감동
배움의 기회를 놓친 어르신들의 새 인생
4년간 초등 과정을 마치면 졸업장이 선물
이름하여 '학력 인정 성인 대상 양원초등학교'
책 읽기, 받아쓰기부터 웃음소리 신명 나고
'나이야 가라' 이런 학교가 있었다니

문해교육 등불이신 이선재 교장선생님
감사함이 넘치는 축복받은 은혜의 행운
진정 쓸모 있는 양원의 나무가 되겠습니다.

2009. 3. 2. 양원초등학교에 부임하며

6학년 수학여행

생전 처음 늦깎이 6학년 수학여행
목적지는 강원도 영월, 정선으로
출발 전 버스 안에 올라오신 교장선생님
"많이 보고 듣고 느끼고 실천하시오"
학급별 버스마다 용기백배 올려주시니
"교장선생님 사랑합니다" 와아, 함성의 박수
신나는 설렘 안고 버스는 출발했지

가을비 부슬부슬, 서울 시가를 벗어나니
산허리 휘감는 뽀얀 실안개 바다
버스 안에선 웃음이 폭죽처럼 터지더라

어느새 목적지 영월에 도착, 보슬비 촉촉
언덕진 장릉 길, 눈물비 맺힌 양쪽 길 소나무들
자식 껴안은 어미 품처럼 애틋하더라
어린 영혼 애처로워라, 고이 명복 빌었지

슬픈 강물 배 타고 고적한 청령포를 만나니
어린 단종 임금님 비운의 유배지, 가슴 찡~

소나무들 통한의 절규에 휘어진 허리들
님의 시신 몰래 묻어주신 엄흥도 우리 조상님
산속 깊이 숨어 살다가 세월 지나 빛을 보셨다니
아버지께 들은 얘기, 조상님 충정이 빛납니다

숙소에 여장을 풀고 하나로 뭉친 '양원의 밤'
장기자랑, 노래 대결은 배꼽도 감당 못 하더라
다음 날은 영월을 떠나 정선으로
화암약수터에서 약수 한 모금, 가슴도 정신도 시원
화암동굴 터널, 보석이 빛나는 이유를 알았지

곤드레비빔밥 점심을 먹고 아라리촌으로
〈정선아리랑〉 구성진 노랫가락에 취해보고
돌로 세운 양반과 서민의 대조 형상들이 씁쓸했지
정선 탐방, 아쉬움 뒤로하고 버스는 서울로
'교장선생님 감사합니다' 행복한 추억입니다.

2011. 10. 양원초 6학년 수학여행(영월, 정선) 소감

양원에서 부는 바람

양원에서 부는 바람 글 읽는 바람
그 바람은 젊어지는 새 인생 바람
까막눈 떠지고 책도 줄줄 읽어가다니
그 소원 풀어준 고마운 양원초등학교
배운 만큼 보인다, 행복한 바람

『양원에서 부는 바람』학급시집은
학생들이 일기를 바탕으로
변해가는 자신의 얘기를 시로 쓰신 것이지요
한 학생이 다섯 편 시를 쓰고
재미있는 삼행시 코너도 있고
읽을수록 감탄, 자꾸 읽어집니다
중학교, 고등학교, 대학교도 바라보는 꿈
양원에서 시작하는 고마운 바람.

2017. 2. 양원초 3-1 학급시집 『양원에서 부는 바람』 서시

세월

2011 마포여성백일장 대상(운문) 김순덕 학생(85세)

내 나이 여든다섯 살
남들이 배울 때 배우지 못하고
서럽게 서럽게 살다가
삼 년 전에 초등학교에 입학을 했다
내 나이가 제일 많아서 모두들
왕언니라고 부른다
세월이 너무 많이 흘러 아픈 곳도 많다
무릎도 성치 않고 눈도 침침하고
귀도 잘 들리지 않는다
다만 아픈 내색을 하지 않을 뿐이다
나이를 먹었다고 희망도 없는 세월만 보내지 말고
배움터를 찾아서 행복을 찾는 것도
모두 내 몫인 것을 오랜 세월이 흐른 뒤에
내 자손들이 내 생각 할 때
장한 할머니라고 기억되길 바란다.

6학년 때 제자 (백일장 당시는 고예곤 선생님 제자)

노을 속에 피는 꽃

역경도 축복이라고 했나요?
힘들어도 절절한 의지와 목표가 있다면
그 벽은 그리 높지 않다는 것을
학급시집『노을 속에 피는 꽃』이 말했지요

양원 덕분에 글도 배우고 시도 쓰고
4년 결실이 환하게 행복의 꽃을 피웠습니다
"하면 된다, 믿어봐라, 해냈습니다"

비록 서툴고 어색한 표현들이 있지만
156편의 시들은 배움의 기쁨들이
아름답게 녹아난 드라마 같습니다
그간의 노고에 아낌없는 칭찬을 드리며
교장선생님의 은덕에 더 큰 감사를 드립니다.

2013. 2. 양원초 6-6 학급시집『노을 속에 피는 꽃』서시
졸업식 날 학급 전 학생이 무대에서 모 방송국과 인터뷰함

꽃마음 그 사랑

정든 양원을 떠나시며
누군가 내 손에 살짝 건네준 선물
편하게 눈빛 사랑 오가던 착한 선생님
"어머 예뻐라" 작은 사각형 그림 액자

파란 물빛 바탕에
손수 그린 그림과 노란 글씨
'님은 빛나는 별'이라고
그 말 벅차서 말문이 얼었지요

덧붙여 써준 말은
'사랑, 건강, 행복, 이쁜 마음의 존경'
정성 또렷한 글씨들, 잔잔한 풀꽃 그림
꽃 마음 그 향기, 그리움에 피어납니다.

2018. 2. 28. 퇴임의 날, 선물 주신 구인회 선생님을 그리며

그리움

2016 서울청소년문예행사 대상(운문) 임복례 학생

알록달록 흔들리는 코스모스 예뻐라
은빛으로 일렁이는 억새꽃 사이로
하얗게 어머니가 웃으신다

모시 적삼 치마 입고
손 흔드는 나의 어머니
미안하다고 장하다고
마음 주시는 건가

못 배운 그 시절
속상함도 원망도 잊었는데
가을 길 혼자 걸으니 사무치는 어머니 모습
보고 싶고 그리워라.

양원초 3-1 담임 때 제자

길

2018 서울청소년문예행사 대상(운문) 박재분 학생

늘그막에 공부하니
배운 만큼 밝아지는 세상
나에게 없던 길이 생겨
아침마다 신이 납니다
글 읽는 소리, 행복한 소리
내 교실이 기다리는
학굣길을 걸어갑니다

지독히도 가난해서
쌀독 박박 긁던 어머니
원망도 서러움도 지우고
낮에도 어둡던 까막눈이
꿈이 생겨 새 길을 갑니다
아이 좋아, 소리치면
덩실덩실 책가방도
등에서 춤을 춥니다.

양원초 3-2 담임 때 제자

아주 특별한 졸업식

세상에서 이런 졸업식을 보셨나요?
한복 입은 어르신들이 무대에 올라서서
졸업장도 받고 여러 가지 상장도 받는
아주 특별한 졸업식이랍니다

배울 시기를 놓치고 가정 형편에 순종하며
왜 그리 서럽고 못 배운 것에 한이 맺혔는지
까막눈이라 얼마나 답답하고 주눅 들었는지
책가방 들고 학교 가는 친구를 부러워한 세월

그 세월은 옛이야기, 새 인생 양원을 만나
한글 읽기, 쓰기, 글짓기, 많은 과목 배워서
주민센터, 은행도 가고 변해가는 자신이 신기하고
부모님도 못 해주신 공부 꿈을 이루어주신 분
존경과 은혜의 하늘이신 이선재 교장선생님
오늘도 보석 같은 말씀, 가슴으로 끌어안고
고마워서 감동해서 졸업장도 웁니다

졸업생 개인마다 전원 수상의 영광
우등상, 성실상, 특기상, 끈기상, 근면상, 봉사상…
'재미있게, 즐겁게, 행복하게' 배웠답니다
전별사 낭독에 학생들은 손수건 적시고
가족들과 내빈들 뜨거운 축하의 박수, 감동의 물결

사랑과 정성으로 가르쳐주신 선생님들
답답해도 친절하게 웃으며 용기 주시고
다양한 체험학습, 졸업여행도 신나던 추억들
양원은 천국이요, 보약이요, 축복의 선물
서로가 위로하며 정이 든 4년 세월

꿈만 같은 졸업장을 받으시고
중학교도 가시고 다른 길도 가시니
양원 정신 거울삼아 배운 보람 펼치소서
내내 건강하시고 행복하시기를 비옵니다.

양원초에서 해마다 겪은 졸업식 날의 소감

양원의 추억들

세월은 9년도 너무 짧구나
어르신들 새 인생 배움터, 양원초등학교
해마다 백일장, 체험학습, 유적지 탐방, 졸업여행,
노래자랑, 소감문 쓰기, 일기 쓰기, 문집도 만들고⋯

배꼽 빼는 '동화구연대회' 열기 띤 '나의 주장 발표'
나의 제자 세 분은 서부교육청까지 출연
'양원서당' 교사 연극, 유튜브에도 올라가고
각계 인사들 초청, '빛을 향하여' 출간 축제의 밤
4년간 배운 졸업장의 감동, 배움의 멋진 변화여!

양원의 내 첫사랑 짝꿍 부장님, 용기 선물 못 잊어
굿모닝, 굿애프터눈, 재미있게 즐겁게 행복하게
태산처럼 높은 은혜, 이선재 교장선생님
그 세월 떠나오니 추억이 달려옵니다.

2020. 2. 29. 9년간 정든 양원을 퇴임하며

그 이별 붙잡지 못하고

때로는 엇갈린 소통으로
진심이 침묵해야 하는 소소한 일에도
넉넉하신 믿음과 따뜻한 조언으로
서로의 미안함에 손잡아 주신 님이여!

어르신들이 새 인생 꿈꾸는 양원학교
님과 함께한 세월은 보람의 행복
매사에 공정과 정성의 열정을 쏟으셨는데
어이하여 그리 떠나십니까!

생각도 못 했는데 믿기도 어려운데
멀어지는 님의 뒷모습 쓸쓸히 바라보며
가슴 찡~ 떨어지는 눈물 어찌하리
할 말도 얼어붙은 속상한 이별, 죄송한 이별
벌써 그리움이 따라갑니다.

2020. 3. 아쉽게 떠나시는 그분을 바라보며

양원 총동창회의 탄생

얼마나 얼마나 책가방을 갖고 싶었는지
눈물도 꾹꾹 참으며 원망도 삭이며
참으로 오랜 세월, 못 배워 서러웠는데
그 세월은 양원에서 봄눈처럼 녹아났습니다
2005년 입학생부터 2021년 2월 졸업생까지
삼천여 명의 졸업생을 배출한 양원이여
오늘 총동창회 시작으로 다시 만나게 되니
벅찬 기쁨이 감사의 불꽃으로 활짝 피어납니다

이 소중한 감사의 하늘은 누구십니까?
문해교육의 횃불로서 만학도들에게
새 인생을 열어주신 이선재 교장선생님
학력 인정 양원초등학교, 양원주부학교,
일성여자중고등학교 학생들은 축복입니다
무식과 무학의 계몽에 앞장서신
독립의 선각자 이준 열사님 정신을 받드신 신념
국내는 물론 국외까지 명성을 떨치셨습니다

"대통령보다도 훌륭하십니다"라고
입을 모아 칭송했던 양원 학생님들
배운 만큼 보인다는 새로운 변화를 겪으시며
"재미있게 즐겁게 행복하게 도전하겠습니다"
하늘이 부를 때까지, 밥 먹듯이 배우자!
보석 같은 지혜 덕목들을 쓰고 외우고 실천하며
다양한 체험학습의 경험과 각종 행사들도
꿈과 희망을 이루는 밑거름이 되었습니다

한 자라도 더 배워야지, 양원은 천국
희망과 용기 주신 선생님들의 사랑과 열정
"굿모닝, 굿애프터눈, 사랑합니다!"
아쉽게도 양원의 역사는 마감됐지만
소중한 추억들은 오래도록 간직될 것입니다
존경하는 교장선생님, 오래오래 건강하소서
양원이여, 모두 모두 사랑합니다.

2022. 11. 26. 일성여중고 강당에서 (본인이 낭독함)

칭찬 메아리

어느 날 조카가 보내준 메일
모 대학 교수님이 네이버 블로그에 올린 글
내 이름과 그 사연에 깜짝 충격

먼 추억의 학교, 경북 선산군 장천초교 근무 시절
6학년 방과 후 미술반에 와서 그림 배울 때
내가 많이 칭찬해 주었다는 남자아이
졸업식 날 떠나는 교문 앞에서도
"계속 그림을 그리거라" 용기 주었대요
얼마나 소질이 보이고 성실함이 예뻤을까
미술 교수의 꿈을 이룬 한 조각 동기라니
칭찬의 값진 울림에 그 추억이 고마워라

아련한 기억을 공개해 주신 멋진 교수님
기쁘고 자랑스러운 감동 선물에
그 시절 칭찬을 초대합니다.

2023. 3. 네이버 블로그에 올라온 글을 보고

그냥 글이 떠오르는 4월

류웅상 선생님의 글

벌써 가시나요!
안산 길 떨어진 벗꽃잎들
봄꽃 사랑 듬뿍 받고
화사한 미소 온 산을 덮더니
어느새 바닥은 온통 꽃잎 눈밭

눈 덮인 산, 꽃 천지 꽃꽃꽃…
돌 바위 물소리도 쫄쫄쫄…
이렇게 4월은 지나가고 있네요

문맹인 사람도
그냥 글이 떠오르는 4월
정말정말 꽃 무더기 세상
형형색색 시어들이 탄생하고
저마다 자태를 뽐내는 장관에 취하니
그냥 기도의 글이 떠오르네요.

내 사랑, 그리운 학교들

내가 재직했던 사랑의 학교들
내 꿈을 피워준 소중한 교단의 역사
초등 시절 페스탈로치를 배울 때 새겨진 내 꿈
그토록 애정의 꽃비를 뿌리고
그토록 교직이 자랑스럽고
시간을 늦추며 천천히 나오던 교실
이력서에 빼곡하게 박힌 내 교단 활동의 흔적들
아, 그 세월 내 사랑 학교들아!

문광, 명덕, 장천, 신하, 안양(교육청 파견근무)
응암, 북가좌, 미동, 홍연, 연은(두 번)
그리고 퇴직 후 행운의 양원초(성인학교)
내 열정의 고향이여, 꿈결 같구나
열한 학교 내 교실, 사랑하는 제자들아!
인연을 함께한 동료들과 학부모님들
고맙습니다, 그립습니다.

4부
축하와 감사의 물결

-축하의 기쁨과 감사의 행복-

하루 일 마감하고 잠자리 들기 전에
'오늘도 감사합니다'
가족, 형제 무탈함과 소소한 하루의 평온
감사함은 그렇게 일상의 에너지
필리핀 여행 중, 말 타면서 터진 'I am happy'

힘든 일, 기쁜 일, 손잡아 준 인연들
마음 담긴 편지, 문자, 카톡, 축시로, 선물로…
위로와 격려, 용기와 응원, 주고받은 살가운 인정
문득문득 생각나고 보고 싶지

만남은 뜸해져도 고마운 기억들은
못 잊을 추억의 향기를 피우며
그리움 뜨락에 감사의 꽃으로 피어난다.

문학 헌장에서

한국문인협회 월간지를 읽다가
눈길 멈춘 열여섯 행 문장, 제목은 '문학 헌장'
정성스레 오려서 액자에 넣고 보니
부족한 내 시 작업에 영양분이 되었지

이성과 감성이 빚어낸 에너지의 결정
창조의 심원한 예술, 영혼을 깨우는 스승
인간의 구원과 사회 정화의 길잡이
방황과 갈망에 손잡아 주는 삶의 소통으로
긍정적 변화와 인간의 삶에 기여하는
문학의 모범적 가치를 다시금 배웠다

아마도 문학을 사랑하는 독자들은
이런저런 갈등과 상처를 안게 될 때
치유의 위안을 작품에서 만나겠지
나 진정 그런 글을 쓰고 싶다.

피로 씻은 한국 혼魂이여

물이 새는 배를 타고 풍랑에 떠가는 조국이여
놓지 마라, 닻줄과 노를, 마음까지 놓으면 어찌 되느냐
이토록 절절함의 주인공은 누구더냐
구국의 부름을 앞두고 님이 외친 한국 혼의 부활이여
비통함을 새긴 혈서는 이미 독립의 종을 울렸도다

머나먼 이국에서 님이 택한 각오는
폭발하는 민족의 다이너마이트
울분으로 춤추는 칼의 노래여, 독립의 유언이여
"대한 독립 만세, 약소국가 만세" 세상의 눈과 귀는
경악의 탄성이요, 독립의 목소리는 함성으로 일어났다

아, 그러나 님은 죽지 않는 이준李儁의 이름으로
번뜩이는 일성一醒의 이름으로 깨우침을 뿌렸나이다
피의 상처는 무궁화로 피어나고
민족의 가슴은 단결의 북을 쳤나이다

폭풍이 지나간 자리, 흔적은 그리움으로 쌓이고
피로 씻은 조국의 모습은 날로 날로 번창한다오
님이 누운 자리, 비바람 눈서리 내려도
춥지 않은 햇살로 조국의 품으로 덮어주리
태극기의 이불로 덮어주리
청산이 울어주고 바람이 노래하고 님의 사랑 줄줄이
찾는 발길 무성하니 님이여 외로워 마소

낮에도 별이 뜨는 아름다운 곳이라오
조국의 나무가 푸르고 칭송이 탑을 쌓고 있다오
우리는 기억하리, 역사의 숨결로
위대한 죽음을, 찬란한 죽음을
억만년 이어갈 조국의 심장으로
뜨겁게 뜨겁게 흘러가리라.

이준 열사 순국 105주년 추념제전 전국백일장 (운문)

최우수 (국가보훈처장상) 수상작 (엄순용)

2012. 7. 14. 서울 수유동 강북문화회관에서 본인이 낭독함

우리 언니 행복의 꽃

형부와 작별한 우리 언니
빈자리 찬바람이 얼마나 시린지
나는 알지, 오래전에 겪었으니까
그래도 꿋꿋이 경로당 회장 역에 솔선수범
26회 노인의날, 은평구청장 표창장에
훈장까지 받으시니 축하 기념사진 찍어
소액자에 넣어 조카들에게 전달했지

늦게 피운 배움으로 학력도 높이고
나눔과 봉사의 손길, 즐겁게 펼친 보람
주변이 환해지니 행복꽃이 피어납니다

그간의 넉넉한 행보에 칭송하는 박수 물결
엄마 세월 존중하는 자식들도 기쁨이 가득
팔십 넘어도 바쁜 언니, 이 영광 축하합니다
부디 축복과 사랑이 오래오래 머무소서.

2023. 10. 5. 표창장과 훈장을 받은 언니를 축하하며

땀방울 목걸이

명절 때면 가고 싶은 집
부모님 떠나신 허전함에도
은연히 그리움은 달려가지요

"친정 생각 짝사랑 좀 그만하라"는
큰올케님 따뜻한 말씀에 편해지는 마음
잔잔한 믿음이 오가는 작은올케님
형님 아우 서로 존중하니 보기 좋아요

사무관 우리 오빠, 초등 교장 남동생
올곧게 공직에서 정년퇴임하고
두 집 조카들 모두 행복 가정 꾸려가니
숱한 고비 지혜롭게 꾸려간 수고의 세월
언니 동생 두 시누이 마음으로
두 분께 칭송하는 땀방울 목걸이를
공로상 선물로 걸어드립니다.

고향의 등대

-괴산 임각수 군수님 재선 취임을 축하하며

명덕산 봉우리는
괴강 물을 바라보고
이산 저산 푸르름은 예나 다름없이
유유히 흘러가는 고향 산천 출렁임이여
느티나무 마을마다 정겨운 웃음소리
어머니 향기 서린 흙냄새, 반가워라 고향이여
우리들 유년의 무지개가 여기 피어났었지요

친구들 서로 떠나 멀리 있어도
힘들면 보듬어주던 향수의 언덕에
남산이 품어주는 달님 같은 희망이여
모두들 활짝 핀 기쁨에 마음을 보냈나이다
자랑스러운 우리 친구 그대에게
군수님 재선의 영광
큰 박수로 축하합니다

두 번이나 믿음의 지게를 지어주다니
바다 없는 괴산, 육지의 섬 가운데

그대는 등대 하나 우뚝 세웠나이다
어둠도 무섭지 않은 당당한 용기로
등대지기 소명을
아름답게 펼쳐가소서

지혜롭게 신뢰 높은 존경의 다스림과
땀에 젖은 정직한 손길 따라
행복 샘물 넘치리라
활기찬 변화의 행진 속에
미래가 웃는 고향 발전으로
힘차게 벋어가소서
우리 진정으로 기원합니다.

2010. 7. 8. '이목회' 친구들과 고향을 찾아 군수님께 낭독함

산울림의 동행

우리 함께한 그때처럼
지금도 그 마음 가까이
살갑게 마음 나누니
그 언덕 산울림 노래
홍연 동산 추억 몰고
어제처럼 달려옵니다

만나고 헤어지면
또 부르는 기다림 속에
설렘이 바람 부는 그 언덕
그 길 다시 추억 뿌리며
정든 그리움, 따스한 동행으로
서로 눈길 바라봅니다.

2011. 2. 홍연초 '산울림'의 추억을 뭉치면서

Again 그들은 할 수 있다

정년퇴임 후에 찾아온 고마운 행운
토요일마다 만난 그들, 남녀 청소년 문학 강의
정신 증세 다소 미흡해도 소외의 그늘 같아도
글을 쓰고 싶다고 모여든 밝은 얼굴들

시를 읽고 낭송하고 소감을 말하고
희망 품는 시를 짓는다, 꿈이 버틴다
배우자, 힘을 내자, 우리는 할 수 있다
아픈 사연 토해내며 치유하는 시의 울림

시 강의 한 프로 끝나면
『Again 할 수 있다』와 『한울문학작품집』도 발간
불편도 아픔도 우울도 녹여내는 시의 샘물
그들의 희망 행진에 축복의 박수를 보낸다.

2009. 9. ~수년간 매주 토요일
서울시 복지과 운영 기관에서 강의함

고향 친구는

어린 시절 고향 친구는 평생의 친구
지금까지 함께하니 허물없고 편하고
고향 정서 비슷하니 이심전심 통하지

때로는 마음이 아프고 몸이 아프고
걱정 고민 생겨도 내 걱정처럼 위로하며
별일 없니? 네 목소리 듣고 싶어서
너 같은 친구가 있어 참 좋다
전화하고 카톡하고 서로 마음 나누면
무거움이 덜어지고 따스함이 스며들지
'이목회' 고향 친구들은 만날 때마다 반갑고
여행하며 쌓은 추억, 그리움이 묻어나지

우리 자주 만나 자연 바람 마시고
건강도 충전, 우정도 충전하자
서로 믿고 칭찬하는 소중한 친구들아
함께 가는 이 행복에 감사하며 살아가자.

미안하고 고맙고

그때는 왜 그랬나
교사라고 바쁘다는 핑계, 나는 벙어리
자식 앞에 미안함이 콸콸 터진다

퇴임 후 책꽂이 정리하다 멈춘 손길
낡은 표지 두툼한 아들 일기장
'87년도 6학년 일기장을 새롭게 읽었지
어쩌면 하루도 빠짐없이 썼는지
끈기를 심어주신 고마운 담임선생님
가끔은 시로도 쓴 일기에 눈이 번쩍

일기장 속에서 울고 웃는 사연들
아, 그랬구나, 미처 몰랐던 속마음
시로 쓴 일기들을 워드로 치니 미니 시집
일기장 표지는 '추억의 무지개'
예쁘게 꾸며 아들 책꽂이에 꽂아놓으니
고여있던 미안함이 살짝 웃어주네.

나에게 축시를

오래전에 이루고 싶었던 꿈 하나
칠십 고개 이 나이에 무슨 쓸모 있을까마는
그 대답은 '한식조리기능사 국가 자격 취득'
묵은 숙제 풀어서 고마워라, 합격을 축하한다

"어머니 음식은 예술"이라는 올케님의 이쁜 말씀
뚝딱뚝딱 손만 가면 입맛 도는 구수한 밥상
깨진 그릇에 쪽파 심고 온갖 나물 말려 밑반찬
내 입에 넣어주시던 꿀맛, 내 요리의 원동력이지

자식들 먹여야지, 기다림에 빠진 어머니의 시계
어머니 닮고 싶은 손맛, 그리움에 양념하여
가족 형제 이웃들과 함께 먹는 감사의 음식
요리에도 길이 있고 정신이 있다
종류별 레시피 기록장은 나의 보물
도마 소리 행복 소리, 진정 나를 축하한다.

2020. 11. 13. '한식조리기능사 국가기술자격증'을 받고

108

나의 요리 신조

즐거운 마음으로
요리 맛을 상상하며
할 수 있다는 용기의 다짐으로
시작의 손길에 재미를 불러온다

요리의 쓰임에 따라
메뉴 계획을 세우고 조리법을 익히며
신선한 식재료를 미리미리 손질하여
알맞게 양념 간을 맞추고
사랑 한 줌 정성 한 줌 풀어 넣으면
입맛이 춤추는 감칠맛이 되겠지

부족함은 보완하고 새로운 맛에 도전하여
눈이 번쩍, 자꾸 손이 가는 끌림의 맛으로
맛있게 살고 싶어라, 즐겁게 나누면서
요리의 길에는 행복이 함께하리라.

박수의 감격들

흘러간 세월, 학생 시절, 교단의 감격 추억들
아, 박수의 그리움이여!

초등 3학년, '한강의 기적'
여중 때 '반공' 웅변대회도 일 등
여고 때, 슈바이처 박사 영어웅변대회 금상 받을 때
학생회장 인사를 할 때, 졸업식 송사 답사를 읽을 때
한미재단 장학생으로 대학 세미나에서 발표할 때
여러 대회에서 수상을 할 때, KBS 〈아침마당〉 나갈 때
성악가들이 내 시로 작곡된 노래를 부를 때
신인문학상, 시 낭송, 각종 연구, 지도상을 받을 때
모범공무원 훈장 받을 때, 당선된 시를 낭독할 때
국회의사당에서 '대한민국칭찬대상'을 받을 때
미국 특별연수 때 보고서를 쓰고 칭찬받을 때
《교육신보》에 수필이 뽑힐 때, 대학원 일 등 할 때…

정녕 자랑이 아닌 겪은 대로 땀의 흔적
모두가 나의 복, 고마운 은혜의 선물입니다.

보호하심 류웅상 이야기

새벽 사랑, 제자 사랑, 님의 약속인가요?
해 뜨기 전 발길은 학생들이 기다리는 교실로
사랑과 존중, 손잡는 친절, 심혈 쏟은 그 열정
학생들 볼 때마다 "이쁘세요, 사랑합니다"
어찌어찌 푹 빠지는 존경 받지 않으리오
하늘이 내리신 교사, 칭송은 현직에서도
마지막 양원 등불, 보람이 포옹해 주네요

곧은 교육 신념, 사랑과 기도, 믿음과 은혜
『보호하심 류웅상 이야기』로 출간되니
책장마다 박아놓은 보석 같은 삶의 사연들
님이 쌓은 참신앙, 기도의 탑이라오
이구동성 존경의 찬사, 받들어 축하드립니다
자손들에게도 값진 유산, 소중한 교훈으로
님의 자서전, 그 향기 대대로 빛나리오.

2021. 3. 25. 류웅상 님 자서전 출간을 축하하며

미주알고주알

『미주알고주알』 후배님의 감동 자서전
책장마다 가슴 찡, 실감 나는 언어들
어찌 그리 숱한 파도의 세월, 티 내지 않고
꿋꿋이 이겨내며 인내의 슬기를 닦았는지

볼 때마다 이쁜 얼굴, 행동 하나하나
교사로서 재주와 능력, 직장의 보물인데
이른 나이 시댁살이 산더미 고생
힘겨운 벼랑길에서도 사랑하는 두 딸을 희망으로
천성이 밝고 성실한 의지, 반듯한 도리 지키며
영어 실력 튼튼, 자격증도 다수, 아이디어 반짝

당당히 책으로 펴낸 용기, 빠져드는 글솜씨 감탄
『미주알고주알』은 그대 삶의 아름다운 향기
축하받을 자격 넘치오니 새 꿈길 펼치소서.

2021. 4. 22. 김경숙 님 자서전 출간을 축하하며

남산의 숨결

가을이 한창 익어가는 시월 중순
코로나 감염으로 만남이 어렵다가
사 개월 기다림은 남산에서 활짝 만났지

남산 일대 돌아보니 선각자들의 숭고한 자취
값진 교훈 새기며 솔바람 몇 잔 마시니
입맛이 고이는 숲 냄새, 꿀맛 비빔밥
남산이 초대한 고마운 식탁
버들님, 매화님, 솔님, 대추님, 동백님, 느티님
갈색 청량제 마시고 대접받은 행복 나무들

인적 드문 쓸쓸한 어느 잔디밭
바람 빙빙 공허한데, 눈길 마주친 어느 외로움
몇 분의 독립투사 동상들, 소나무 절개로다
남산이 품은 위인님들, 고이 잠드소서
서울의 등대 남산이여, 그 자존심 영원하리라.

2021. 10. 22. '나목' 회원들과 남산을 돌아보며

용문산 가을 편지

가을 향기 마시러 가자
용문산으로, 운전 수고는 친구 서방님
쾌청한 날씨, 들녘엔 오곡이 익어가고
알록달록 단풍 산, 친구들은 소풍처럼 즐겁지

어느새 용문산 낯선 맛집의 둥근 식탁
곤드레 돌솥 밥상 산채나물 대접받은 푸짐한 식사
개운한 커피 향기 마시고 용문산으로 출발

세 번째 만난 용문산, 입구부터 설렘은 부풀고
물소리, 바람 소리, 형형색색 붓칠하는 가을 산
사천왕 대문, 용문사 아래, 노란 거목 은행나무
신라 망국의 한이 서린 마의태자 비운의 통곡
용문사 대웅전 옆에 거대 불상 자비의 눈빛
깨달음 마시며 가을 편지 가득 써 왔네.

2021. 10. 25. 경기도 양평 용문산을 다녀오며

꿈꾸는 열정

사랑하는 혜림아!
여기까지 오느라 힘들었지
꼭 이루고 싶은 꿈이 있기에
거뜬히 대학생으로 빛나는 영광

세상에서 가장 위대한 재산은
'꿈'을 가지는 것이라고
꿈은 희망이 업어주지, 용기와 끈기로
포기하지 않는 인내의 도전으로

입학한 후 벌써 성적 우수 장학생이라니
이쁨이 넘치고 인정받은 재능은 발전의 거름
꿈꾸는 열정으로, 당당히 헤쳐 나가면
언젠가 그날이 꽃길로 오리라.

2024. 5. 언니 손녀 혜림이의 대학 생활을 응원하며

울진항 그 바다

얼마 만인가, 자유로운 바다 여행
경북 울진항으로 오랜만에 나들이
언니와 언니 딸, 셋이서 2박 3일
조카가 운전, 마음은 앞서 달렸지

얼마 전 형부와 작별한 언니의 슬픔
조카의 효심은 벌써 울진항으로 출발
날씨도 짱, 고속도로 녹색 바람 휙휙
어느새 백암온천탕, 피로가 웃더라

새벽 산책길에서 파릇파릇 쑥을 뜯어보고
후포리 등기산 스카이워크, 전복죽도 별미
울진항 어시장, 대게 천국, 식당 들어가
대게찜 세트에 눈이 황홀, 어찌 먹을까
입에 착착 붙는 맛, 대게라면은 신의 한 수
잠자는 미각을 깨워준 묘한 맛에 취했지
건어물 아줌마 시선에 끌려 건어물도 샀지

월송정 쪽빛 바다 수평선, 구름꽃 피어나고
벤치에 앉아 해풍에 목욕, 갈매기 춤사위 훨훨
"언니 슬픔, 날아가라, 바다야, 들었니?"
품어주고 비워주는 넓은 가슴 바다야!
관동팔경 중 하나 월송정 정자에 올라
선인들 자취, 액자에 빼곡히 깨달음의 선물

오는 날은 동해안 해파랑 24길, 안개비 바다
수평선 희미해도 함께 달리는 시원함이여
강원도 삼척, 동해, 주문진, 강릉 지나
오죽헌 근처 식당, 옹심이, 막국수 향토의 맛
신사임당, 이율곡 선생님의 생가 오죽헌으로
고즈넉한 고택의 뜨락에 감도는 옛 님의 향기

돌아오는 길, 여기저기 산불의 상처는 쓸쓸
추억이 출렁이는 울진항 바다 벌써 그리워라
이쁜 조카의 사랑 그 바다에 이름 남겼지.

2022. 4. 26. 언니, 조카와 울진항, 오죽헌을 다녀오며

'英德農園'의 향기

내 남동생은 금슬 좋은 부부 교사였지
은퇴 후 지혜롭게 청주시 근교에 일군 농장으로
오월 말, 오랜만에 동생을 찾아가는 들뜬 마음
조카가 운전, 언니와 함께 어느새 농장이 반겨주네

부부 이름 앞 자 따서 '영덕농원' 센스 짱
매일 출퇴근처럼 십여 년 가꾼 세월, 쑥쑥 발전
농원 가득 갖가지 농작물, 나무들, 꽃들, 조형물
담벼락에 피는 꽃들의 매력, 어찌 그리 예쁘던지
밭고랑 포기마다 애정으로 뿌린 정성 땀방울
꽃들의 향연, 음악까지 틀어주니 멋진 낭만
자연 힐링 저절로 건강에 보약도 되고
부부 사랑 익어가는 행복 농원 감동 농원
화폭에 담고 싶은 예술 작품 같더라

고추, 상추, 파, 당근, 완두콩, 들깨, 참깨, 땅콩…
사과, 배, 대추, 복숭아, 앵두, 포도, 감, 호두…
소나무, 황금측백나무, 단풍나무, 자목련, 목백일홍…

백합, 접시꽃, 패랭이, 섬채송화, 선인장, 나리꽃…
옥수수는 사방 울타리, 농원 지킴이 같더라

색색의 바람개비, 창의력 솜씨, 폐품이 명품 되고
멋진 미니 골프장, 부부 같은 목사슴 두 마리
처가 사랑 넘치니 다복한 형제들의 웃음 잔치
넓적한 쉼터 바위에 시 한 수 얹어보고
무공해 상추쌈에 삼겹살, 행복이 살찌는 소리

박스 가득 싸준 채소들, 아까워서 어찌 먹을꼬
참기름, 들기름, 모둠찰떡, 어머니 생전 손길처럼
핏줄의 만남은 언제나 헤어질 때 아쉬워
농원의 번창을 빌며, 노을 따라 돌아왔지.

2022. 5. 30. 청주 남동생의 농원을 방문하고 돌아오며

정선의 풍취

홍연초 백일홍 인연들, 헤어져도 그리워
오랜만에 뭉쳐 강원도 정선행 약속
카톡으로 본 농원의 집, 로망의 매력인데
이쁜 님, 우리 일행 초대하니 설렘이 두근두근
자가용으로 모셔 가니 황송한 호강이지
한 분의 빈자리는 아쉬움으로 앉혀놓고
정선으로 출발, 드디어 부부의 농원에 도착

청량 바람 가슴 활짝, 집구경 한 바퀴
산 내음 물씬 농작물들 파랗게 쑥쑥
화원인가! 우리 꽃, 외국 꽃, 야생화 오십여 종
처음 본 꽃들의 신비, 황홀경에 감탄사 연발
한 번쯤 살고 싶어라, 낯선 행복의 매력
짐을 풀고 정선의 가리왕산자연휴양림 산책
계곡 물소리, 녹색 바람에 힐링 선물 받았지

전야제 같은 저녁 식탁은 무제한 감동
부군의 요리 솜씨 호텔 셰프를 방불
코스별 고급 비주얼, 칭찬도 풍년 웃음도 풍년

새벽바람은 보약, 아침 식사는 마당 식탁에서
정선 탐방 출발, 푸른 산 펼친 병풍, 긴 동강 줄기
동강생태체험장은 정선의 비밀, 몰운대의 신기함
동강 백오십 리 길 얼지 않은 이유, 석회암 뼝대(절벽)
강물 뗏목 체험, 평창 동강할미꽃 색다른 발견
정선시장 소문 맛집 회동식당 줄지은 손님들
병방치 스카이워크 한반도 지형, 평화의 염원인가!
아라리촌, 아리랑박물관은 아리랑의 소중한 가치
한의 정서, 무형문화재 구성진 〈정선아리랑〉

헤어질 아쉬움 앞에 민가의 보리밥, 냉온 칼국수
마음 뺏긴 정선의 사랑, 진부역까지 부부의 배웅
KTX 19시 출발, 서울역 21시경 도착, 감사로 뿌듯
추억이 배부른 행복, 오래도록 기억하리라.

2022. 6. 20.~21. 강원도 정선 일대를 다녀오며

'아사님'의 기다림

양원을 나올 때 함께 나온 동료들
퇴임으로 헤어지기 못내 아쉬워

카톡방 만들어서 정보도 주고받고
이름하여 '아름다운 사람들' 잘 지었네
여덟 명 소중한 사람, 줄여서 '아사님'
지루한 코로나19로 만남은 용기를 못 내니
2년 넘게 만남은 침묵, 보고 싶어도 꾹꾹

코로나야 풀려라, 마스크도 답답하다
길은 있는데 만남이 막힌 길
그래도 희망은 기다림, 그날이 오면
가슴 열고 반가움에 웃음 풍선 날리며
쌓인 얘기 가득가득 보따리로 풀겠지요.

2023. 4. 코로나로 만남이 잠든 아쉬움을 달래며

사군자의 품격

동양화를 배울 때
먼저 난초를 그렸지
쓰러지지 않는 구도의 매력에 끌리고
무아지경 난초 사랑 붓에 힘이 붙더라
'淸香幽谷' 골마다 맑고 그윽한 향기
바라보면 품격의 맑음에 순수해진다

매화 그릴 때 포근한 꽃잎 날개
국화 그릴 때 가을 서리 향에 취하고
대나무 그릴 때 선비의 절개를 만나고
묵향에 번지는 붓끝 농담의 신비에 미쳐
사군자에서 팔군자, 십군자, 여덟 폭 병풍까지

'含賢' 호까지 지어주신 박진환 스승님
감사의 은혜 마르지 않는다
한글 서예 내 작품 호는 '들비' 내 자화상
내 영혼 잔잔히 묵향에 스며든다.

5부
작별을 바라보며

-바람 같은 이별을 바라보며-

삶과 죽음이 공존하는 자연의 순리
인생은 소풍 같다는 「귀천」 시에 공감
"모든 죽어가는 것을 사랑해야지"「서시」처럼
순응하며 살자, 남은 삶이 얼마나 귀한데

부모님도 남편도 형부도 하늘로 이별
소중한 사람들의 이별을 접하면
내 마음 외딴섬이 되어 파도에 쓸려 간다

얼마나 아름다운 세상인데, 볼 것도 많은데
아직도 다 못 준 사랑, 그리움 눈감는 날
수원 백씨 내 자식들 인선, 인숙, 종수, 인옥
어찌 두고 홀로 떠날까!

엄마의 유물

엄마는 하늘에서 연락을 받으셨는지
어느 날 내 학교로 시외전화 하시어
"순용아, 여름방학에 꼭 다녀가렴"
왠지 천상에서 들리는 목소리 같았지

방학이 되어 곧장 엄마를 만나러 가니
새 이불 한 채, 바느질함, 복주머니, 실패, 손수건,
교사 첫 월급 타서 사드린 손목시계, 밑반찬…
짐이 정리된 이상한 불길함에 솟구치는 눈물
"울지 마라, 팔자대로 살아라"
내 머리와 등을 쓰다듬으시며 소리 없는 눈물
야윈 엄마 끌어안고 "엄마, 엄마" 울던 날
그날이 엄마와 마지막 만남일 줄이야

아쉬움 후유증에 펄펄 끓는 내 눈물
머리 등을 만져주시던 엄마의 따스한 손길
영원히 내 가슴 데워주는 최고의 유물이지.

흔적을 정리하며

세월은 어느새 산마루 노을 언덕
횡하니 바람 소리, 그래도 남겨진 것들
눈물과 웃음이 엮어낸 소중한 흔적들
앨범, 상장들, 상패, 연구논문집, 작품집, 시집, 편지들
작사 악보집, 수십 개 CD, 서적들
워드 1급, 조리사 자격, 여러 자격증들…

자식들 앨범은 각자 넘겨주었고
교단 사진들은 단권으로 묶었지
부모, 형제, 가족, 지인들과의 앨범
참으로 정든 세월 추억이 배어난다

액자 속의 사진, 시화, 동양화, 서양화
서예 족자, 병풍, 가훈, 훈장과 훈장증
손때 묻은 소소한 물건들, 살림살이 그릇들…
언젠가 비워질 썰렁한 내 집의 냄새
허탈한 가슴을 쓸어내린다.

나비로 오셨는가요

밤새 울음 섞인 기침 소리 거두시더니
시모님 서러운 바람꽃이 되셨나요
유월산 뻐꾹새 목청
산자락이 쪼개진다

아버님 옆자리에 함께 누우시니
외로움도 기다림도 가볍게 날리소서
두 영혼 다시 만나시니
반갑게 평안히 잠드소서

풀길 따라 내려오는 논둑길 내 옆으로
언제 왔나, 하얀 나비 두 마리가 나풀나풀
생전에 못 챙긴 정성이
뼈아프게 죄스럽습니다.

1999. 6. 10. 경북 선산군 장천면 상림동
시어머님 산소를 내려오며

통곡이 산을 흔들어도

그림자도 서러운 날, 맨발 시린 우리 아버님
잠든 육신 꽃상여 타고
선산 언덕을 오릅니다
어머니 잠드신 곁으로 다시 하나 됩니다

저무는 한 해 끝자락, 눈 덮인 산은 햇살 가득
우리 사 남매 일가족 자손들 친지들
가슴 치며 뼈 눈물 철철
통곡이 산을 흔들어도 이별은 냉정합니다

산새도 바라만 보고 바람도 조용한데
찢어지는 불효의 가슴
씻지 못할 죄송함을 어찌하리오
부모님 두 손 모아 명복을 비옵니다.

1999. 12. 28. 친정아버님, 생골 선산에서 작별하며

추워도 꽃은 피는데

겨우내 창틈으로
시린 바람 어찌 참았나
속 끓인 相思病이
花神으로 고개 든 날
고독한
雪蘭의 탄생이여
무심한 죄를 용서하소서

한겨울 웅크린 가슴
그대 앞에 웃어보지만
한 생명 불 꺼져가는
이 밤의 不眠을 어찌하리
추워도
꽃 피는 그대 자리에
나의 님을 눕혀주소서.

2001. 1. 남편의 병상, 겨울 창가에 핀 군자란을 보면서

꽃향기도 슬프다

산길에서 만난 하얀 철쭉꽃들
빨간 철쭉보다 마음이 더 끌리지
수정빛 하얀 꽃잎들 그렁그렁 눈물
그 눈물, 님의 눈물, 절규의 침묵
손 내밀고 무슨 말을 하려더니
끝내 말 못 하고 불쌍히 눈감은 날
꺼져가던 내 님의 눈빛, 그 눈물 같구나

아파트 공원에도 하얀 철쭉꽃들
발걸음 저절로 멈춘 끌림에
햇살 뿌린 이슬 꽃잎 매만지며 울컥
님을 보낸 이십이 년 까만 가슴 미안함이
꽃잎마다 슬픈 향기로 흐느끼는 그리움
애써 하늘로 큰 숨을 내쉰다.

부모님 산소 앞에서

생전에 우리 부모님, 사 남매 낳아주시고
지극 정성, 길러주신 깊은 은혜
사무치는 그리움 산소 앞에서
눈물로 절을 올립니다

"부모님 죄송합니다" 자식 도리 못해서
어머니 관 속에 돈을 넣어주던 어느 손자의 사랑
사 남매 손주들 모두 행복하니 부모님 덕분입니다

어디서 날아오는 흰나비와 노랑나비
아, 부모님 영혼인가!
산소 앞을 휘돌다가 날아가네
외로움 또다시 남겨두고
돌아서는 발길이 바위 같구나
"산새야, 더 앉았다 날아가거라."

2023. 10. 28. 언니, 조카와 부모님 산소를 찾아서

빛나는 두 별님

한국 시조 문단의 횃불
이응백 교수님과 유성규 박사님
두 분은 아쉽게 하늘 가셨지만
그 향기 마르지 않고
전통문학의 거름 되셨네

신인문학상 받을 때
인정해 주신 희망의 말씀들
교수님 '芝蘭淸香' 손수 쓰신 부채 선물
그 향기 귀하게 피어납니다

내 시집 낼 때 서문 써주신 유 박사님
'시조생활사' 문단 역사 창시의 촛불
계간지 작품마다 두 분의 별빛 혼이 살아나니
면면히 맥을 잇는 후진들의 긍지여라
내 시가 목마를 때 절절히 그리운 스승님
두 분의 영원한 명복을 비옵니다.

눈물도 아파요

팔십칠 세, 우리 형부
삼월 첫날, 병상에서 하늘 가셨네
가족 친지 애통한 눈물, 줄지은 추모 행렬
생전에 쌓은 덕이 국화꽃에 피어나고
자식마다 남긴 편지, 가없는 사랑입니다

삼일장으로 모신 양지 언덕 묘소 앞에
장남이 읽어가는 작별 편지는 은혜의 그리움인가
처제 사랑 두텁던 우리 형부, 눈물도 아파요
빗물 같은 언니 눈물, 옆자리 허전함을 어쩔꼬

내려오는 걸음마다 눈물이 따라옵니다
그리움 여기 머물고 자손들도 다시 오리오
새소리 바람 소리 꽃향기 적시면서
고이고이 평안히 잠드소서.

2022. 3. 3. 충북 음성군 생극면 신양리 대지공원묘원에서

아늑한 이별

구십육 세, 긴 세월도 바람인가요!
유난히도 하늘빛이 푸른 가을 중순
맏며느리 내 친구는 시모님과 영영 이별
마지막 그 이름을 흙 속에 바칩니다

오래도록 겪으신 투병의 아픔도
이젠 훨훨 바람에 날리소서
여기 먼저 가신 서방님 누우신 옆자리
하나 되시니 참으로 아늑합니다

생전에 남기신 마디마디 사랑은
따뜻한 은혜의 빛으로 남으리오
님을 보내는 아쉬움과 애도의 눈물
영원한 안식의 기도에 고개 숙입니다
평안히 평안히 영면하소서.

2022. 10. 18. 경기도 파주시 동화경모공원에서

약해지지 마

"괴로운 일도 있었지만 살아있어서 좋았어
너도 약해지지 마"
일본 구십구 세, 시바타 도요의 첫 시집
당시 칠십만 부, 놀라운 판매량 기록
무학과 가난, 불운한 결혼, 질곡의 파도 인생
오직 살아있음에 행복했다는 여인

잔잔한 감동으로 새 용기를 선물 받았네
아직은 사랑할 게 너무 많아
미안함이 아쉬움이 너무 많아
조금이라도 세월을 아끼고 싶어

"약해지지 마" 가슴 콕콕 희망 에너지
걱정은 내리고 겸손으로 비우며
오직 살아있음에 감사해야지.

다시 태어난다면

어릴 적 내 꿈은
국회의원, 아나운서, 교사였는데
꿈 하나는 이루었지

평생 쏟은 제자 사랑, 값진 세월
죽도록 한길 바친 열정의 교단
나 다시 그 길 갈 수 있다면
아쉽고 부족했던 미련들을 안아주고
온몸 적시는 땀의 옷을 입으리

다시 태어난다면
내 변명으로 소홀했던 여러 미안함에
후회하는 아픔은 만들지 않으리
형제들, 자식들과 추억거리 만들어야지
다시 태어나도 교실로 갈까?
아마도 그럴 거야, 천직이니까.

이별은 가까이

누구나 오래 살고 싶지만
내일 어찌 될지 모르는 인생길
서서히 다가오는 뭔가의 손짓
어느새 남의 일 아님을 말하는 현실

하나씩 아픔으로 사고로 병으로 이별하지
좀 더 무탈하게 새벽 숨소리 주소서
건강이 가는 걸음, 길게 주소서
소중한 인연들 만남도 오래 주소서

장례식 다녀오면 내 영혼도 슬퍼라
삶의 허무에 바짝 초라해지는 내 심신
가까이 찾아올 그날의 슬픈 준비여
숨어있던 욕심과 원망도 낭비였구나
오직 자식들 미안함이 가슴을 때린다.

나 떠나면

나 떠나면 어디로 갈까
내 심장 같은 자식들에게
아직도 해줄 게 너무 많은데
아직도 못 한 말이 너무 많은데
그 사랑, 어이 두고 떠날까

미안한 세월, 그래도 고마운 세월
엄마 소리 더 듣고 싶은데
원망도 놓아주렴, 미안도 안아주렴
부질없는 미련만 통곡하겠지

나 떠나면 어디로 갈까
내 삶이 문 닫는 소리
아침 이슬도 안녕, 저녁노을도 안녕
눈물로 배웅하는 국화 향기 타고서
내 영혼 훨훨, 하얀 구름 되리라.

그리움 밀물지는 감동의 연대기

김봉군 가톨릭대학교 명예교수·문학평론가

1. 여는 말

인생이란 선택과 만남의 과정이며 그 결실이다. 엄순용 시인은 천분天分을 실히 살릴 교육자와 시인 되는 길을 선택했다. 곡절 충만한 그 길을 성공리에 주파走破해 온 그는 이제 결실의 기쁨을 누리고 있다. 이날이 있기까지 그에게는 보람찬 만남들이 있었다. '자연 낙원'이라 할 고향 괴산과 은혜로운 부모 형제들, 가족과 친구들, 교단을 중심으로 한 제자, 학부모, 동료 교육자, 문우들과의 만남이야말로 이제 잊힐 수 없는 그리움으로 밀물져 온다.

엄순용 시인에게 선택과 만남의 과정에서 이루어진 허다한 삶의 곡절은 필연코 격조 높은 시와 노래가 되었고, 그 모두는

온통 그리움의 꽃떨기들이다. 이번에 상재하는 시집의 표제 '그리움은 늙지 않는다'는 그렇기에 절묘하다.

엄 시인은 제자들과 교단을 사무치게 사랑하였고, 시와 노래에 대한 열정이 뜨거웠기에 수많은 상패와 훈장을 받음으로써 크게 기림받았다.

시로 표출한 그의 일대기, 감동 어린 연대기를 독자들과 함께 숙독하기로 한다. 이 글은 삶의 의미에 깊이 관심을 기울이기 십상이어서, 시의 미학적 성과를 스쳐 읽을까 저어된다.

2. 엄순용 시의 특성

엄순용 시는 고향과 가족, 교단, 사회, 국가 단체와의 관계 등으로 확대되는 감동의 파노라마를 일군다. 그리움의 물결이다.

(1) 고향과 가족

엄순용 시인의 고향은 충북 괴산 느티나무 산골이다.

창문 열면 달려오는 초록 숨소리
싱그럽게 초대하는 오월 언덕에
아카시아 하얀 그리움이 달려온다

내 고향 친구들 이름 부르던 목소리

언니, 오빠, 동생과 화목했던 웃음소리

내 고향 골목길, 학굣길, 뒷동산 과수원길

학교 마치면 냇물에서 목욕하며 깔깔깔

올갱이 잡아 고무신에 담고 오면서 호호호

　　　－「유년의 메아리」에서

　첫 연은 미학적으로 탁월성을 넘보는 서정시다. 청신한 녹색 봄빛이 역동적 이미지로 표출되었다. 시상이 싱그럽고 알차다. 현대 시학이 지향하는 보여주기showing 화법a way of saying을 썼다. "초록 숨소리", "하얀 그리움이 달려온다"는 의사진술擬似陳述, pseudo-statement까지 구사한 현대시다. 반면에 둘째 연은 설명을 곁들여 시적 장력張力, tension이 느슨해졌다. 그럼에도 시적 '보여주기' 기법에서 아주 이탈한 게 아니다.

　유년기의 고향, 친구, 가족들. 엄순용 시의 원천이다. 그는 어린 시절 그 속에 구름 떠가던 옹달샘의 기억이 "시심의 첫사랑"(「옹달샘에 구름 떠가네」)임을 고백한다. 원두막의 기억, 여고 시절의 학교문집, 수학여행, 조부모의 인품, 아버지의 사랑, 둘째 딸이 그려준 초상화, 플로리다 음대 대학원에서 박사학위를 취득한 큰딸, 외손자, 어머님 등 엄 시인의 가족에 대한 사랑에는 끝이 없다.

우리 집 가훈은
'사랑하며 감사하며'
참 좋은 말, 삶의 스승 같아라
　－「사랑하며 감사하며」에서

　엄 시인 가정의 가훈은 사랑과 감사다. 숙연한 인생 표찰이다. 그의 삶과 교육에도 물처럼 스며들었으리라.

그리움 날개 달고 고향 집에 내리면
반가워라 장독대, 너른 마당, 우물가
시조창 부르시던 선비 냄새 아버지
어머니 알뜰 살림, 눈물진 아궁이여
한탄강 북녘 하늘 소식 없는 큰오라버니
애타게 소원 빌던 기다림은 하늘로 가고
　－「그리움은 늙지 않는다」에서

　이 시집의 표제시인 「그리움은 늙지 않는다」의 세 개 연 중 제1연이다. 역시 그리움의 원천인 고향 집과 부모님, 국토 분단이 빚은 육친과의 결별 사건이다. 이같이 절절하니 그리움인들 어찌 늙을 수가 있겠는가.

(2) 노래가 된 시

엄순용 선생은 시조시인이요, 시인이다. 권위 있는 문예지 《시조생활》에 시조 「하늘은 거울 같아서」로 신인문학상을 받으면서 등단한 해가 1995년이었다. 문학 경력 30년을 더위잡게 되었다.

때때로 숨이 차면 하늘 보고 달리고
말문이 막힐 때도
저 하늘을 바라봤다
침묵은 품 안 같아서 후광으로 빛나고

태초의 고뇌까지
잠재우던 아, 저 진공
진한 숨소리로
새 별 하나 키워놓듯
우리는 저 하늘에다 발자국을 남긴다

하늬바람 건너간 그 길 다시 해와 달이
내 모습 어려 비친 저 거울을 보면서
들꽃이 지는 이유를 예서 짐작하겠네.
 -「하늘은 거울 같아서」전문

시조 등단작이다. 시상이 여물었다. '생각하는 시'인 덕이다. 정감을 다스린 사유思惟의 깊이가 좋이 집히는 작품이다. 이종록 작곡으로 노래가 되어 불리었다.

가는 길은 만남의 길, 오는 길도 만남의 길
두고 떠난 고향 산천 남과 북은 만나리라
손에 손 잡고 형제여 만나자
가까이 손짓하는 만남의 고향으로.
  -「만남의 고향으로」에서

국토 분단으로 헤어진 겨레붙이들을 간곡한 어조tone로 부르며 그리워하는 시요, 노래다. 1995년 5월 국가보훈처 주관 전국백일장 수상 작품이다. CD로 제작되었다.

상처 입은 돌다리야, 늙었구나 뒷동산아
외딴집 오솔길에 소원 빌던 느티나무
그리운 친구야 모두 모두 어디 갔나
내 고향은 내 고향은 대답이 없네
  -「고향의 얼굴」에서

무심한 세월에 사뭇 변해버린 고향에 대한 차단과 흩어진 옛 사람들을 부르는 어조가 절절하다. 멸망해 간 것들에 대한 그리움 말이다. 1999년 김정양 작곡으로 CD에 실렸다.

빈자리에 스쳐 가는 바람을 보는 날은
그대 숨소리를
햇살밭에 심고 싶다
가신 님 떠난 자리에 이슬 한 점 오르게

내 떠날 빈자리에 스쳐 가는 바람은
고향 뒷동산을 휘이휘이 돌아가고
목메인 사슴 한 마리 들비 속을 가르리

하나씩 떠나가는 모두의 가슴마다
작별을 예비하는 낙조의 저 뒷전에
산까치 날갯죽지가
가로누워 있겠다.
　－「빈자리에 스쳐 가는 바람」 전문

노래로 불리는 시인데, 시각적 표상화에도 성공했다. "그대 숨소리를/ 햇살밭에 심고 싶다"와 "목메인 사슴 한 마리 들비 속을 가르리."야말로 탁월한 현대시적 절창이다. 이종록 작곡으로 CD에 실렸다.

이 밖에도 「그 언덕」 「우리의 한강」 「기다림」 「떠나간 배」 「안개꽃 한 아름」 「해 뜨는 집」 「그 섬에 피는 꽃」 「그리움 저 너머에」 「얼음 파도」 「고향처럼 부른다」 「목련이 질 때면」 「작별을 넘어서」가 다 노래로 작곡된 시편들이다. 이들은 『한국가곡 작사집』에 실렸거나, 문예진흥원이 후원한 호암아트홀 성악 발표에 동참했거나, 서울중등가곡사랑회와 환경창작가곡제, 인천예술회관 가곡 발표회, 서울창작가곡제 등에서 찬사받은 작품들이다.

> 잠든 채 가시었네, 어머님은 하얀 연기
> 사십구재 설운 날에 빈 배 홀로 타시었네
> 그 통곡 거두어 가신 어머님의 한 세월
> ─「작별을 넘어서」에서

어머님과의 영원한 작별을 노래한, 애절한 가곡이다. 인천에서 발표할 때 성악가가 눈물 흘리며 부른 시요, 노래다.

(3) 꽃밭이 된 교단

엄순용 시인이 가장 잘한 선택은 교육자가 된 일이었음이 곳 곳에서 드러난다. 청주교대, 서울교대, 고려대 교육대학원 학력으로 일평생 한결같이 교단을 지켰다. "바른 사람이 되라, 책을 읽으라, 글을 쓰라."고 깨우치며 제자들을 '내 몸같이' 사랑하였던 엄순용 선생, 그는 우리 교육계의 꽃이요, 별이었다. 으뜸이었다는 뜻이다.

　미래의 꿈과 지혜를 수놓은 꿈 마당의 축제
　"책 든 손 귀하고 읽는 눈 빛난다"
　독서의 귀한 말씀들 피와 살이 되리라.
　　－「꿈길」에서

　엄순용 시인은 독서 지도의 일단이다. 2004년 서울연은초등학교 6학년 4반 독서문집 『꿈길』서시의 한 대목이다. 2007년에는 제자들이 독서감상문대잔치 학급우수상을 받았다. 읽기와 쓰기 교육의 열정을 불태운 엄 시인의 지성至誠 어린 교육의 진면모가 예서 엿보인다.

　내가 재직했던 사랑의 학교들
　내 꿈을 피워준 소중한 교단의 역사
　초등 시절 페스탈로치를 배울 때 새겨진 내 꿈
　그토록 애정의 꽃비를 뿌리고
　그토록 교직이 자랑스럽고
　시간을 늦추며 천천히 나오던 교실
　이력서에 빼곡하게 박힌 내 교단 활동의 흔적들

아, 그 세월 내 사랑 학교들아!
                              -「내 사랑, 그리운 학교들」에서

마지막 줄을 느낌표로 끝냈듯이, 이 시는 자못 직설적이다. 은유나 상징에 녹여 담기에는 감회가 넘치는 까닭이다. 학교와 제자들을 절절히 사랑하였던 이 땅의 페스탈로치 엄순용 선생의 이 큰 사랑을 보라.

내 삶에서 가장 긴 시간, 교직은 내 운명
새벽의 설렘으로 출근하면 칠판은 나의 애인
소중한 제자들만 바라본 열정의 직진
실패도 약이 되는 경험을 사랑하고
하면 된다, 해보자, 아름다운 도전

엄순용 시인이 피력한 교단과 제자 예찬의 글이다. 권력과 돈을 초월하는 교육의 참다운 가치를 사랑한 페스탈로치 엄순용 선생은 거룩한 분이다. 일부 아동·학생들의 패륜적 일탈과 그릇된 학부모들의 무모한 폭력과 고소, 고발로 교단이 무너지는 이 몹쓸 세태에도 엄 선생의 교육 사랑 시를 읽는 보람이 크다.

줄을 잇는 찬사들을 보라.

남다른 문학의 열정과 애정 어린 교육관으로

비가 오는 날은 비에 젖는 방법을
바람 부는 날에는 바람 타는 방법을
햇빛 눈부신 날은 햇살에 눈 감는 방법까지
고운 감성을 일깨워 주시던 참교육자이셨기에
새싹들은 더욱 싱그럽게 키를 높여갔습니다

이제 나무들은 튼실한 열매를 맺고
향기를 더하는가 싶은데
정년퇴임으로 떠나시는 아쉬움이 밀려옵니다

그러나 당신께서 채색해 놓으신 꽃밭은
가시는 걸음걸음 향기로 스밀 것입니다
그리고 당신과 인연을 한 많은 사람은
자상하고 품새 너른 당신을
오래오래 기억할 것입니다
　－「엄순용 선생님 아름다운 '정년퇴임'에 부쳐」에서

　장수경 시인의 축시다. 시인답게 교육의 상황들을 시적 표상
화를 통하여 압축하였다.

　한결같은 선생님의 사랑, 인자하신 깊은 은혜
　엄청난 재능으로 많은 제자의 가슴을 풍요롭게

꿈을 먹이시고 보듬어주셨습니다
온 정성과 열정의 가르침, 곧으신 신념
저희 학부모들은 존경하고 닮고 싶습니다

새벽바람 떠안고 이른 시간 교실로
아이들 하나하나에게 참사랑 주신 작은 보답으로
아이들 마음을 담은 『한마음 사랑 모음집』을 만들어
아쉽게 떠나실 정년퇴임에 감사의 마음을 전합니다
우리 반 꼬마 천사들은 선생님과 행복한 시간들을
오래오래 기억할 것입니다
      ―「『한마음 사랑 모음집』을 드리며」에서

학부모의 찬사다. 비록 추상적인 인사말이기는 하나, 문집까
지 만든 마음자리야말로 참되다 할 것이다. 엄순용 선생은 「'정
년퇴임'의 날」에서 교단에 대한 사랑, 38년간의 열정을 되새기
며 눈물에 젖는다.

마지막 칠판을 닦는데 뚜두둑 떨어지는 눈물
더 잘해줄걸, 제자들 책상을 하나하나 만져본다
모든 정리를 마치고 빈 교실 문을 나오며
"애들아, 안녕" 목부터 울음보가 터진다
      ―「'정년퇴임'의 날」에서

이 대목 뒤로 홍조근정훈장에 대한 감사의 눈물을 머금고, 선후배와 동료 교육자, 제자, 학부모들에 대한 감사 인사를 전하는 엄순용 선생의 교단생활, 그 감동적인 피날레 장면이 이어진다.

초등학교 정년퇴임에서 그치지 않고, 엄순용 선생은 '학력인정 성인 대상 양원초등학교'에서 때를 놓친 성인들 문해교육에 헌신한다.

> 양원에서 부는 바람 글 읽는 바람
> 그 바람은 젊어지는 새 인생 바람
> 까막눈 떠지고 책도 줄줄 읽어가다니
> 그 소원 풀어준 고마운 양원초등학교
> 배운 만큼 보인다, 행복한 바람
> ─「양원에서 부는 바람」에서

학급시집 『양원에서 부는 바람』의 서시다. 교육에 대한 엄 선생의 열정은 불변이다. 선생이 지도한 이때의 제자들이 서울청소년문예대상까지 수상했으니 그 지도의 열정을 상상해 본다.

특기할 일이 있다. 1997년 8월 KBS 〈아침마당〉 프로그램에 출연한 일이다. 소년 소녀 가장들의 실화를 담은 『혼자 도는 바람개비』 전국독후감쓰기대회에서 제자들이 다수 입상하고 엄

선생은 일반부에서 수상하게 된 한 '사건'이었다.

엄순용 교사, 그는 독서·쓰기 교육의 등불이요, 불사조다.

(4) 흔적

엄순용 시인은 수많은 분야에서 재능을 발휘하며 흔적을 남겼다. 학업, 교단생활, 글쓰기, 웅변대회, 시 낭송, 연구·지도 분야에서 으뜸이었다. 성공한 삶이었다. 감사심으로 살아온 행복이다. 빛나는 흔적들이다.

엄 선생은 결별한 이들의 흔적을 찾아 정리한다.

새 이불 한 채, 바느질함, 복주머니, 실패, 손수건,

교사 첫 월급 타서 사드린 손목시계, 밑반찬…

짐이 정리된 이상한 불길함에 솟구치는 눈물

"울지 마라, 팔자대로 살아라"

내 머리와 등을 쓰다듬으시며 소리 없는 눈물

야윈 엄마 끌어안고 "엄마, 엄마" 울던 날

그날이 엄마와 마지막 만남일 줄이야

－「엄마의 유물」에서

어머니와의 마지막 만남 장면이 극적으로 제시되었다. 엄 시인은 이 대목에서 어머니의 따스한 손길이야말로 최고의 유물

임을 고백한다.

밤새 울음 섞인 기침 소리 거두시더니
시모님 서러운 바람꽃이 되셨나요
유월산 뻐꾹새 목청
산자락이 쪼개진다
  ─「나비로 오셨는가요」에서

시모님의 종언을 지킨 자부의 심경이 표출된 대목이다. "뻐
꾹새 목청/ 산자락이 쪼개진다"에 절통한 마음결이 절절히 녹
아 있다.

한국 시조 문단의 횃불
이응백 교수님과 유성규 박사님
두 분은 아쉽게 하늘 가셨지만
그 향기 마르지 않고
전통문학의 거름 되셨네

신인문학상 받을 때
인정해 주신 희망의 말씀들
교수님 '芝蘭淸香' 손수 쓰신 부채 선물
그 향기 귀하게 피어납니다

155

내 시집 낼 때 서문 써주신 유 박사님

'시조생활사' 문단 역사 창시의 촛불

계간지 작품마다 두 분의 별빛 혼이 살아나니

면면히 맥을 잇는 후진들의 긍지여라

내 시가 목마를 때 절절히 그리운 스승님

두 분의 영원한 명복을 비옵니다.

　－「빛나는 두 별님」전문

　우리 전통시의 꽃인 시조를 제2차 부흥기로 이끈 이응백 교수님과 유성규 대시조시인을 스승으로 모시는 고운 마음이 실린 글이다. 근원을 생각하는 음수사원飮水思源의 자세와 한때 시조생활화운동에 앞장섰던 그 항심恒心이 확인되는 장면이다.

　이제 엄 시인은 자신의 실존적 자아상에 귀착한다.

나 떠나면 어디로 갈까

내 심장 같은 자식들에게

아직도 해줄 게 너무 많은데

아직도 못 한 말이 너무 많은데

그 사랑, 어이 두고 떠날까

(…중략…)

156

나 떠나면 어디로 갈까

내 삶이 문 닫는 소리

아침 이슬도 안녕, 저녁노을도 안녕

눈물로 배웅하는 국화 향기 타고서

내 영혼 훨훨, 하얀 구름 되리라.

　－「나 떠나면」에서

　시인 자신의 종언終焉, 그 결별의 순간을 담백하게 처리했다.
'하얀 구름이 된 영혼'을 훨훨 띄울 뿐 현존의 삶에 애면글면하지 않는 소탈한 모습이다. 여한 없이, 열심히, 감사히 살아온 엄순용 시인답다.

3. 맺는말

　이 글은 인생이란 선택과 만남의 과정이며 그 결실이란 말로
시작되었다. 엄순용 시인은 그의 빼어난 천분인 교직과 문필의
길을 선택하여 빛나는 결실을 거두었다. 38년의 교육자 생애
를 마감하고 이제 인생 저물녘에 이르러 글쓰기, 특히 시인의
삶을 만끽하는 중이다.

　엄순용 시의 원천은 느티나무 고장인 충북 괴산 고향과 가족

이다. 그의 시학은 음수사원飮水思源의 마음자리를 지켜 그 원천을 잊지 못하기에 그리움의 긴 흐름 위에 있을 수밖에 없다. 그의 시집 표제가 '그리움은 늙지 않는다'인 까닭이다. 절묘한 명명이다.

엄순용 시인은 그 한계를 가늠키 어려울 만큼 다재다능하다. 소녀 시절부터 웅변과 문필에 재기才氣를 떨쳤다. 교사 시절에 쓴 시 열여섯 편이 우리 가곡으로 작곡되어 여러 행사에서 공연되기도 하였다. 문제는 이들의 문예 미학적 성과다. 노래로 불리는 시의 경우 음악적 성과와 문예 내면적 성과 간에 부조화를 빚는 경우가 드물지 않다. 엄 시인의 가곡 시 「하늘은 거울 같아서」(시조)「빈자리에 스쳐 가는 바람」 등이 거둔 시학적 성과는 탁월하다.

엄순용 시인은 출천의 교육자, 이 땅의 페스탈로치다. 그는 교단을 꽃밭으로 보고, 꽃 같은 제자들 돌보기에 지성至誠과 항심恒心을 쏟았다. 특히 읽기, 쓰기, 문필 교육에 "애정의 꽃비"를 뿌렸다. 이는 장수경 시인의 찬사에 갈무리되어 있다. 엄 시인은 "비가 오는 날은 비에 젖는 방법을/ 바람 부는 날에는 바람 타는 방법을/ 햇빛 눈부신 날은 햇살에 눈 감는 방법까지" 아름다운 감성을 일깨운 참교육자였다. 학부모의 찬사 또한 다를 바 없다.

정년퇴임 후에도 성인 문해교육에 열정을 바쳐 제자들이 문집까지 엮게 해주었다. 엄 시인은 제자들과 함께 각종 백일장 등에서 수다히 수상을 하고, 큰 훈장도 받고 정년을 맞았다. 글쓰기, 시 낭송, 연구·지도 분야와 대한민국칭찬대상 포상에 으뜸으로 뽑힌바 엄순용 시인의 삶은 빛나는 생애였다. 그는 특히 독서·문필 교육의 등불이요, 불사조다.

엄순용 시인은 부모님, 시모님, 남편 등 세상을 떠난 가족들의 흔적을 되살리며 깊은 상념을 그리움의 흐름 위에 아로새기는 중이다. 아울러 자신의 비현존非現存, 종언終焉까지 소탈한 시의 이미지로 표상화한다.

엄순용 시인의 시집 『그리움은 늙지 않는다』는 그야말로 '그리움 밀물지는 감동의 연대기'다. 감사심으로 결산되는 아름다운 삶의 궤적이다. 시집 상재를 축하드리며, 남은 길이 그리움 속에 길이 평탄하기를 빈다.

어느새 백여 편의 시 작업을 마무리하면서
출간의 용기 앞에 갈등을 마주한다
부족하고 어색한 표현들이 맘에 걸리고
숨겨둔 솔직함은 너무 부끄럽고
내 삶에 동행한 사람들에게 떳떳한지
시 속에 언급된 사람들이 이해를 주실지
간절함의 믿음으로 용기를 내보며
나의 소중한 자전 시집 만남을 기대한다

다재다능 빼어난 언어의 감성과 지성의 울림으로
상상 이상의 감동과 품격 언어를 빚어내시는
이 시대 문학평론의 거장이며 시조 시인이신
김봉군 교수님께서 시집 평설을 빛내주시니
무한한 영광입니다
그동안 여러모로 성원해 주신 따뜻한 사람들에게
마음 담긴 정성으로 감사드립니다.